頁行 BOOK

每一本书，都有它的灵魂

总有相似的灵魂，正在书中相遇

About G

木吉他的夏天

饶雪漫——著

北京时代华文书局

rl's Mi

图书在版编目（CIP）数据

木吉他的夏天 / 饶雪漫著. -- 北京 : 北京时代华文书局,
2022.2

ISBN 978-7-5699-4532-4

Ⅰ. ①木… Ⅱ. ①饶… Ⅲ. ①中篇小说－小说集－中国－当代②短篇小说－小说集－中国－当代 Ⅳ. ①I247.7

中国版本图书馆CIP数据核字(2022)第019589号

木吉他的夏天
Mujita De Xiatian

著　　者 | 饶雪漫

出 版 人 | 陈　涛
选题策划 | 页行文化
责任编辑 | 邢秋玥
装帧设计 | 创研设
责任印制 | 刘　银

出版发行 | 北京时代华文书局 http://www.bjsdsj.com.cn
北京市东城区安定门外大街 138 号皇城国际大厦 A 座 8 楼
邮编：100011 电话：010－64267955 64267677
印　　刷 | 北京兰星球彩色印刷有限公司 010－58411596
（如发现印装质量问题，请与印刷厂联系调换）
开　　本 | 880mm×1230mm 1/32 印　　张 | 7.25 字　　数 | 120 千字
版　　次 | 2022 年 3月第 1 版 印　　次 | 2022 年 3月第 1 次印刷
书　　号 | ISBN 978-7-5699-4532-4
定　　价 | 42.00 元

目 录

Contents

我们各自成长

从此不再举棋不定

从此开始一往无前

About G

Hesitate About What Move To Make

001 举棋不定

001

我从没见过这么大的风，呼啸而来，连带卷起路面上的细砂，直往人身上砸。

乔依着一件鹅黄色的衣衫，如风一样冲到我面前，声音抖了一抖，说："我恋爱了。"

我一把将乔依拉进楼房的门洞里，风太大，她的头发已经被吹得散乱了，鼻尖上沾了一些灰，脸却红得透亮。

见我疑惑地望着她，她伸出手紧紧地抱住我："娅娅，我恋爱了，是真的，我恋爱了！"

"和谁？"我问。

"高远。"乔依仰头看向我，缓缓吐出两个字。

原来是他。

我当然知道高远，他并不和我们同校，是乔依在全市中学生演讲比赛中遇到的竞争对手。

在那一场激烈的辩论赛中，他和乔依不分伯仲，都凭借着极好的口才和频频爆出的金句出尽风头。

“我有些怕。”乔依看向我，说，“不知道怎么办才好？”

“好了。”我拍拍她的背，哄她，“别那么没出息，还有我呢。”

乔依抬头感激地看我，嗔道：“我就知道你不会不管我。”

其实我也不知怎么办好。

再者，实则乔依根本也不用别人告诉她该怎么办才好，她似乎完全没有因此受到任何影响。她惊慌失措地来，又甜甜蜜蜜地去，临走，还没忘记拿走我刚买的信笺纸，说是给高远写信用得上。

“写一封绝交信。”乔依有些诡秘地说，“也不知道他会有什么反应？只有这样，我才能知道自己在他心中的地位。”

一向光明磊落的乔依，竟也开始学会耍小阴谋。

恋爱真是让人脱胎换骨，难怪那么多人要死要活要爱情。

乔依走后，风还在呼呼啦啦没完没了地吹，我砰一声关上房间的门。耳畔少了风声呼啸时，我这才意识到，我的心情糟透了。

其实，我本应该跟乔依说些什么的。比如：早恋不好，会影响学习；或者你们认识不久，是不是应该再多了解一些。

但这些，应该是大人们说的话，我知道乔依不爱听。

十六岁的乔依和十六岁的我亲如姐妹，我了解她如同了解我自己，只是没想到她会恋爱，这对我是一个打击。

说真的，我有些怕失去乔依。

002

我是在初中二年级的时候认识乔依的。

那时，我与乔依并不在一个班级就读，只是教室相邻。

十四岁的乔依，和无数十四岁的少女一样，拥有健康的皮肤，明亮的眼睛，饱满的双唇，脸上永远挂着灿烂的笑容。

而我不是，我神情忧郁，整日活在父母离异的阴影里。

我们的教室前有一个报栏，我常常会站在那里看报纸。其实那些张贴着的隔日的早报晚报看着挺无聊，但我宁愿对着它们发呆，也不愿意听教室里的那些男生女生毫无营养的叽叽喳喳。

乔依就那样走到我面前，饶有兴趣地看着我，说：“你根本就没有在看报纸。”

见我不作声盯着她，她又补充道：“你天天都在这里看报纸，可是你从来都没有真正看进去过。我猜，你有心事，对不对？”

我冷冷地回道：“你知不知道你很爱管闲事？”

“知道！”乔依毫不在乎地回道，“他们都这么说。”

她一边跟我讲话，一边弯下腰，顺手从临近的花坛里摘了一株小草，不由分说硬往我手里一塞，说：“这是送给你的礼物，你应该快乐一点。”说完，她就大步流星地走掉了。

我看着她的背影，觉得这个女孩真是荒唐可笑到了极点。

很久以后，我才知道，我亲爱的好朋友乔依当时的行为，实则是在模仿三毛写就的作品《一株草》中的细节，希望能通过这一举措，可以让一个陌生的伤心人感到温暖。

只可惜，我当时并没有意会，反而以为自己遇到了神经病。

真正知道她的名字，是在晨练的时候。

所有的人都懒洋洋的，就她不一样，拼命地伸直了胳膊伸直了腿，像一株在疾风里劲长的草。

等到有人来检查时，他们班那位年轻的女班主任就会扯着嗓子开始喊：“大家认真点，动作到位，看着乔依，看着乔依，看看人家是怎么做的！”

而和她真正认识，是一次放学后。

那天放学后，我正独自穿过操场，一男生将篮球冒冒失失地扣在了我的头上。我疼得蹲到地上，半天也直不起身来。

就在这时，一个人影冲了过来，一把将我扶起，在搀扶着我的同时，还没忘记冲着那男生很凶地叫道：“道歉会不会呀！你没有道德啊，还不快来看看人家有没有受伤！”

我抬眼一看，又是乔依。

003

乔依看着我的眼睛，温柔地说：“你一定很疼，想哭就哭吧，哭出来就不疼了。”

然后，我就真的哭了。

其实，也不是因为疼，只是我听不得那么温柔的声音，它让我心酸。

在这以前，我总以为，在这世上，只剩我自己心疼自己。

那晚，乔依陪我回家，一路边走边聊，我这才发现，原来我们就住在同一个小区。

我对她说谢谢。

她说：“其实，该我跟你说谢谢才对。”

“为什么？”

乔依神秘一笑，说：“我上学的路上总喜欢东张西望，所以常常会迟到。后来，我发现你和我同校，那之后，我呢，就会跟着你的节奏走，我再也没迟到过。”

我笑着摇头，只以为她是瞎掰。

“你喜欢吃聚海楼的菜包，每天两个。有时吃摊饼，会让老板娘多放些辣酱。对不对？”她歪着头，得意地看我。

原来是真的。

乔依接着说：“只是我妈从不让我在外面吃，她说外面的东西不卫生。”

我不作声。

乔依又说：“我尤其喜欢你脸上的表情，很成熟。你可不可以告诉我，到底怎么才能和你一样？”

“如果你爸爸妈妈离婚的话，”我看着她，回道，“你不用学就会了。”

大概与自己心中所期待答案不同，乔依听后，略有些尴尬地看着我，迟迟不语。过了好一会儿，她轻轻地抱了一下我，说：“明天早上，我在你家楼下等你，我们一起上学。”

就这样，我和她成为朋友。

上了高中，我们又幸运地被分到了同一个班级。

有时我常想，也许，乔依水晶般的友情，是上帝送给我的一份礼物。没有它，我的青春将是何等的寂寞和不堪！

然而现在，乔依恋爱了。初恋的甜蜜和慌张，一应在乔依的脸上真实地凸显。我感觉，我开始对那个叫高远的男生心生了一些恨意。

可这种隐隐的恨，又让我觉得自己实在自私。

想来想去，我实在想不透，“爱情”的含义究竟是什么。

如果爱情到头来，只是爸爸妈妈当年那种无休无止的争吵，真的，我宁愿一辈子也不要爱情。

可是乔依听后却说我傻，还送给我一个成语，说我此举是“一叶障目”。

“不过，”她颇有经验地说，“主要是你还没有遇到那个让你怦然心动的人，等你真正遇到了，你想不恋爱也难。”

我把耳朵紧紧地堵起来，我才不要听乔依这样子说，像个俗了吧唧的女人。乔依却被我的反应笑得惊天动地，末了，她把我的手拉下来，郑重其事地说：“星期六是我十六岁的生日，我们三人去国际饭店的旋转餐厅，好不好？我请客。”

“怎么？你不打算和高远单独度过浪漫的十六岁生日之夜？”我看着她，直截了当问道。

恋爱中的人实在敏感，又或许，多少是我的那句话有些阴阳怪气。

004

“娅娅！”乔依生气地叫我，我看见她的眼睛里已经贮满了泪水，她盯着我，慢吞吞地说，“你是我最好的朋友，要知道，这一点永远也不会改变。”

“我知道，我知道！”我赶紧说，“跟你开玩笑呢。”

那天放学，乔依和我在半路分手，她说要亲自去邀请高远，而我呢，宽宏大量地拍拍她的肩膀，让她快去快回。乔依脸上的笑荡漾开来，她避开我的眼光，低声说：“娅娅，你放心，我有分寸的。”

少了乔依做伴，我一个人有些闷头闷脑地走在回家路上，竟在小区的菜场门口遇见了乔依的妈妈。乔依的妈妈说话永远是那么温和，她跟我打招呼，问我：“乔依呢？你们最近功课怎么那么忙？”

“是忙。”我低着头，撒谎道，“我今天身体不舒服，所以回来得早。”

“是吗？”乔依妈妈慌忙摸摸我的额头，嘱咐道，“不舒服的话，就赶快去医院，身体要紧。要不，你晚上到我家里来喝汤？我提前就煲上了，乔依最爱喝的。”

“不用了，谢谢阿姨，我妈妈还在家里等着我呢。”我说。

“也是，身体不舒服还是早点回家，晚上好好休息，就算最近学校赶得紧，看书也不能太晚，身体第一。”乔依妈妈微笑着和我告别。她转身的时候，我能闻到一股淡淡的香味传来，一时之间，心里竟有些酸酸的。

乔依是身在福中不知福，我要是她，决不会这么没心没肺地背叛妈妈。

回到家里，妈妈又在和一个我不认识的男人聊天。妈妈的笑声真是做作，硬硬地刺进我的耳膜。我木着脸，原本想要趁她不注意溜回自己的房间，却听到她在我身后尖声叫了起来：“周娅，家里有客人你没看见？一点礼貌都没有！”

我回过头，那男人看了我一眼后，夸张地说：“你女儿？长得和你一模一样。”

“才不。”我冷冷地回道，“我像我爸。”

妈妈听完这话，狠狠地看了我一眼，然后转头对那人说道：“别理她。我这个女儿就这样，从小被她那个死鬼老爸惯坏了，完全没修养。”

没修养？！

我盯着妈妈，真不敢相信，这个词，竟是从她口中说出来的。

这样对一个陌生的男人形容自己的女儿，是一个母亲能做出的事吗？

我回到自己的房间，把门关得震天响。

没修养，我就是没修养，让你丢够脸才好！

那晚，妈妈不知去了哪里，很晚了都还没回家。

我饿得肚子咕咕叫，翻了翻冰箱，里面除了几根打蔫儿的青菜，再无其他。

就在我饿得眼冒金星时，我想到了乔依，她肯定已经喝完了妈妈煲好的汤了吧？味道也肯定异常鲜美。而此刻，或许她正坐在桌前，美滋滋地给高远写一封没完没了的信。

我真想给乔依打一通电话，不用想，倘若她知道我现在还饿着肚子，一定会颠颠儿地给我送来一大堆好吃的。但那是以前，而现在，我也说不清为何宁愿挨饿都不肯拨通那个熟记于心的号码。

我在心里对自己说："认了吧，这就是你的命。"

005

第二天一早，乔依和往常一样在楼下等我。

因为一晚上没吃东西，以至于走在路上的时候，我总觉得自己轻飘飘的。

乔依看了我一眼就喊了起来："你怎么了？脸色这么难看！"

"没什么。"我随口瞎诌，"昨天睡晚了。"

只是，说这句话时，我目光闪烁，甚至不敢与乔依直视。

也是在那个片刻，我忽然觉得，这样的自己，简直就是个心胸狭隘的小人。

我和乔依，是多好的朋友啊，从没有秘密，也未有过猜疑。

可是……我现在却对她有所隐瞒。

难道，只是因为高远的出现，就让这一切发生了改变吗？

还好，乔依并没有意识到我的游离。

一路上，乔依都处于十分兴奋的状态，一直喋喋不休地跟我讲昨天和高远见面的经过。

而我除了静静地听，就是低头猛咬一口刚在路边买来的煎饼，完全将形象抛诸脑后。

“……他非要请我吃肯德基！但我哪会同意？我觉得啊，就算我是女生，也不能随便花男生的钱，你说对不对？还有，他坚持要送我回家，说是担心我一个人路上不安全。但我哪需要他送啊，我可是五岁就敢一个人走路去外婆家了。不过，还好我当时忍住了。知道为什么吗？因为我突然意识到一件事，可能是天性使然，男生总喜欢在某些时候通过一些举措，以此来显示他们的男子汉气概，那我索性就给他一个机会好了。还有还有，他还说了，等我过生日那天，一定要见见你……因为我老在他面前说起你，他都快吃醋了！”说到这里，乔依大笑起来，很快又猛地停住，一双眼望向我，“娅娅，你今天到底是怎么了？”

“什么怎么了？”我笑着回答，“不是一直都在听你讲话吗？”

“不，我不是说这个。”乔依盯着我提在手里只余残渣的煎饼，道，“你这样子真像个饿死鬼。”

乔依十六岁生日的那晚，我见到了高远。

乔依立在我们两人面前，向我介绍道：“高远，这就是周娅。”然后又说：“娅娅，他就是高远。”

高远身材挺拔，发型似郭富城，看上去比辩论会上那会儿还要神采飞扬。我这才明白，乔依为何会为他神魂颠倒。

乔依去柜台点单时，我和高远相对而坐。高远看着我，问：“你就是乔依最好的朋友？”

“是。”我简单回他，不愿再多讲一个字。

“你和乔依可真是两个极端。”高远笑了一下，“她说起话来总没完没了。”

“那要看是跟谁说话。”我冷冷回他，“话不投机半句多。”

高远饶有兴趣地望着我，问：“你对我有成见？”明明是疑问句，但语气却满是毋庸置疑的笃定。

“哪里。”我说，“以前又不认识，哪里会有什么成见？”

高远听我这么回答，忽然灿灿笑了：“是不是你们一中的女孩都这么伶牙俐齿？”

对于他的这一提问，我选择了不予理会，而是转头盯着站在吧台前的乔依的背影。

今日乔依穿了一件新衣服，是时下最受欢迎的潮牌，长发束成了马尾，看上去青春洋溢。不用想，此刻正点单的她，脸上一定盈满笑意，一切都如她所愿，她即将在这座城市最当红的饭店里，迎接她的十六岁。

“乔依和我是不同。”我有些酸酸地说，“这一点你并没看错。”

高远凑近了一些，单刀直入地对我说：“其实你应该想开一些，我六岁那一年父母就离婚了。可我觉得这不算什么，我们和别人没什么两样。”

我先是吃惊，继而变为愤怒。

原来，乔依什么都跟高远分享，包括那些我以为只属于我和她之间的珍贵的秘密。而我甚至能够想象到，乔依是如何绘声绘色地向高远描述我的痛苦和不安。

这让我无法接受，我直接从座位上跳起来，不顾乔依的疑惑和追喊，匆匆步入电梯，逃也似的出了国际饭店。

006

夜色微凉，我漫无目的地走在街道上，眼泪不受控地掉落下来。

至于为何落泪，我也想不通，更不明白，为何自己会如此伤心，为何这么不坚强，又是为了什么情绪失控仓皇而逃？

我又开始恨自己了。

今天是乔依十六岁的生日，她只邀请了两个人，她最好的朋友，还有她正全情投入付出真心的恋人，这本应是她最重要的一天，是她以为的小圆满。

但，遗憾的是，就这么莫名其妙地被我搅黄了。

除了恨自己之外，我也恨起了高远。

这个自以为是的男生，我与他不过是第一次见面，凭什么要摆出一副救世主的模样呢？

那天，我很晚才回家，我怕回去过早她能看出我眼眶红红哭过的迹象，也受不了她没完没了的质问。

可让我没想到的是，待我步入单元楼的门洞时，声控灯亮起那刻，我竟看到了乔依。

她坐在一级台阶上，身子蜷缩在一起，抬头看向了我，眼睛红得像只兔子，明显也是刚哭过的迹象。

乔依见了我，声音哑哑地说：“娅娅，我不知道该怎么办了，你们都是我最喜欢的人啊。你说，我该怎么办呢？”

我走上前去，俯身紧紧地抱住乔依。

“乔依，生日快乐。”我满是歉疚，“请原谅我的自私。”

“不，你怎么会自私呢，你那么好。但娅娅，我希望你能理解，将那个秘密告诉高远，我并不是存心的。我只是希望，往后的人生里能多一个人来关心你，而不单单是我。但是，我真的没想到……”说到这些，乔依失声痛哭起来。

一时之间，我被她惊到连忙伸手堵她的嘴。

就在这时，高远不知从哪里晃了出来，他说：“我得承认，在这件事之前，我真以为女生们都小肚鸡肠，并不会有真正的友谊。”

乔依立即停止哭泣，瞪着高远，问：“你怎么会在这里？”

“我不放心。”高远回道。

乔依立刻就笑起来。

瞧，这就是爱情的魔力。

“对不起。”我看着他们俩，“是我不好。”

“不，周娅，你没有错。”高远言辞恳切地说，“今天的事，是我不对。错在我原本对你还不够了解，偏偏还自以为是。我向你道歉。”

男生的自尊心都是要了命的，高远的话多少让我有些吃惊。

“那当然。”乔依倚靠在我身上，说，“周娅可是我们班最有深度的女生，想了解她，得多费点工夫才行。”

发现高远在看我时，我急忙低下了头。

还好，那些在刚才还令我徒生恨意的事件得以解决，而高远与我，仍都是乔依最重要的人。

送别了乔依和高远，我觉得心情好了许多，转身拾级而上。

007

伸手拧门锁时，大门竟然没有落锁。

我一脸疑惑地推门而入，便看到妈妈正坐在客厅的沙发上，一副盛气凌人的架势，眼神凌厉地剜向我：“不是说乔依今天过生日吗？怎么哭哭啼啼的？你们也不嫌丢人！”

原来，我以为一双手堵住了乔依的嘴，就能避免被发现时，这一切，还是都被看了个仔细。

但我并不打算搭理她，直直朝着房间走去。

显然，我的冷漠彻底激怒了她，她顺手从茶几上就抄起一个玻璃杯，朝着我扔了过来。

这一切发生的都太快，我躲闪不及，玻璃杯就那么重重地砸在了我胳膊上，随后便掉落在地上，一声清脆，满地碎片。

我吃痛地抚着受伤的胳膊，恨恨地盯着她。

“你盯着我干什么？”妈妈尖声道，“简直不知羞耻！这么晚了，男男女女在楼下聊天。你不要脸，我还要脸呢！”

“对！我就是不要脸！可是，这能怪谁？”我可能是跟老天爷借了十万个胆子，竟敢在遭受习以为常的屈辱时予以反抗。我越想越气，心想，今天豁出去算了，顺手将提在手里的书包往地上重重一摔，看着妈妈冷笑了一声：“你不知道吗？有其母必有其女！”

她被气坏了，顶着一头杂草一样的头发，直接从沙发上跳了起来，冲着我就怒吼了起来：“你滚！你给我滚出去！”

“我偏不！我还未成年，你要是不养我，我就到法院去告你！”说完，我将头一昂，大步进了自己的房间，咔的一声将门反锁了起来。

贴在门框上时，我的肚子又咕咕地了叫起来，这才想起来，这个晚上，我又是什么都没吃。我有些暴躁地对肚子擂了一拳：“叫吧，叫吧，叫你个头！”

说实话，我实然被自己深深地吓到了。

我在害怕些什么呢？

我担心，如果一直这样下去的话，不久后的将来，我就会变得像妈妈那样，不可救药，甚至连身边最亲近的人都会开始嫌弃你。

我躺在床上，用被子将自己紧紧地裹了起来。

命运就像是一只大手，不由分说地揉捏着我的将来。

而即便我满是不甘，却无法结束。

我有的，是无能为力的忧伤。

008

转眼就到了冬天。

树叶随秋风远走，往日里郁郁葱葱的树木，只余枝干，光秃秃的，看上去萧瑟不已。而天空也不复湛蓝，取代它的，是灰蒙蒙一片。

寒风凛冽，大家走在路上时都会默契地缩起脖子，念书时也仍保持着这一状态。即便到了课间休息的时候，校园里也总是安静极了。

而我和妈妈的关系，并没有得到缓和，如同扔进冰窖里的一杯水，早结成了冰块，真想要化开它，不是一时半会儿就能达成的。

好在，我还有乔依。

上课的时候，乔依托其他同学将暖手的小手炉偷偷传给我；寒冷刺骨的晚上，她给我送来热热的烤红薯。这一切，都让我觉得分外温暖。

就在我被这温暖包围时，乔依出事了。

那天早上，我在楼下苦苦未能等到乔依，以为她先我一步去了学校，于是便匆匆地赶到学校，待我走进教室后，却还是没有看到乔依的身影。

还没等我落座，班主任林老师便走了过来，带着我去了办公室。

我站在林老师的面前，她的表情严肃极了，她问我：“周娅，你跟老师说实话，你知不知道乔依和外校男生的事？”

这个提问，是如此直接，又如此棘手。

我一时竟不知该怎么回答，迟疑了半天，我回道：“林老师，您可不可以告诉我，乔依怎么了？”

林老师看了我一眼，说：“我知道你是她最好的朋友。可是，身为好朋友，你能就这样眼睁睁地看着她往歪路上走？不拉她一把帮她一把就算了，还打算帮她藏着掖着？”

这哪里是提问，这分明是要给我治罪，言语看似温柔，实则字字如刀向我劈来。

我只好用我的老办法，选择不出声。

可我实际上已经有些慌乱了，心里就像是有个鼓一样，跳得厉害。我只盼着一件事，最好乔依平安无虞，可千万不要有什么意外发生。

兴许是我的沉默奏了效，叶老师见未能从我这里得到任何，轻轻叹了口气，说：“乔依昨晚在街心花园和小混混打架了，110 都出警了。”

我被叶老师这句话惊到张大了嘴。

见我确实不知情，林老师也只好放我走了。我走到门口时，叶老师又叫住了我，她叮嘱我：“周娅，这件事，你自己知道就行了。在同学面前，可千万不要乱讲，知道吗？毕竟，出了这样的事，不管是对学校，还是对我们班，都有不小的影响。至于乔依那边，老师希望你能好好劝劝她，以后千万不要再做傻事了。”

我点点头走了出去，一路上腿像灌了铅，心里更是说不出的滋味。

我有太多的疑惑。

乔依为何会跟小混混打架？她是否因此而受伤？又会不会因为这件事而被学校处分？

我真后悔，为什么刚才不跟林老师多聊一会儿？这样就能知道所有的真相了。

到了中午的时候，乔依终于出现了，她一脸疲惫地走进了教室，在我一旁的空位上坐了下来，继而趴在了我的肩上。她沉默了很长一段时间，始终一语不发。

我很少见到这样的乔依，开口安抚她：“傻丫头，不知道万事忍字当头吗？你看，一不留神，现在成众矢之的了。”

“道理我都懂，可他们叫高远小白脸，你让我怎么忍？”乔依恨恨地说，“你是没看见，高远的脸都被气青了。我忍不了，我用砖头打掉他们的门牙！”

“真拿砖头打了？”我瞪大了眼，无法想象当时的场面有多混乱。

“为什么不是真打？他们算是惹错人了，真以为我好欺负呢！”说起这些时，乔依竟还有些得意，又接道，“反正我当时完全是豁出去了，我跟他们拼了，我就不信了，不要命的还会怕狠的。”

“学校怎么说？”相比乔依的豁出去，我更关心学校会如何处理这件事，更担心乔依会因此而受到影响。

“随便吧，管他们怎么处理呢！”乔依仍是一副不以为意的样子，“总不可能，就为这事儿他们就开除我吧？”

学校自然没开除乔依，但乔依后来很长一段时间的日子都不好过。

班主任与她一次次的谈话，学校责令她写了数不清的检查，她爸妈没完没了的心理攻势，同学们之间的风言风语，还有那些无数的莫须有的猜测……这些，都得由乔依自己一一面对，任谁都不能代她受过。

乔依付出的代价惨重，那件事发生之后，她受到了前所未有的严密监管待遇，几乎很难有机会与高远见面。而高远为保证乔依能收到他寄来的信，则将收件人的名字都改成了我的。

每次一收到那些薄薄的来信，乔依总会在拆开后将它读了又读，然后再慎之又慎地折好放回信封，将它隐秘地藏进书包的夹层里，而做这些时，通常她的脸上都会带着一丝苦恼的笑。

乔依问我："娅娅，虽然最近确实惨了点，但是我愿意。你是不是觉得我挺傻？"

我并不知该如何回答乔依，于是，只能看向她报之一笑。

电影里不是说了吗？就像飞蛾一样，明知道会受伤，还是扑到火上，飞蛾就是那么傻。

所以，王菲她唱：爱到飞蛾扑火，是种堕落。

009

转眼就迎来了期末考试。

我和乔依在这次考试中双双落败，排名一同下滑到全班二十名之后。

妈妈原本就对我的成绩从不过问，倒是我爸打了电话来，我听见妈妈在电话里对爸爸说：“反正你们周家也出不了什么人才，好坏还不都一个样，她少气我一点儿我就谢天谢地了！”

两人没聊多久，妈妈就挂了电话，她立刻便跑到我房间门口，阴阳怪气地说：“你爸有儿子了，你是不是也该找个时间去祝贺祝贺他呀！”

我没理会她，只觉得她这样实在是莫名其妙，于是便继续低头温书。

春节的时候，和爸爸见面时，他带我去了麦当劳。

那天他身着一套崭新的西装，显得他看起来很精神，与我记忆中那个总是垂头丧气的他有着天壤之别。

我们两人在餐桌前坐下后，他跟我说的第一句话，是：“爸升了，成主任了！”他满脸的喜气洋洋让我嫉妒，于是在狠狠地咬下一口汉堡后，我看着他，说：“谁的爸爸？我没有爸爸。”

“娅娅，我知道你恨我。”他叹了口气，“或许，只有等你将来长大了，你才会发现，人生中有很多事情是没有办法解决的。爸爸有爸爸的苦衷。”

“那是。”我装出一副谅解的样子。

想来是我演技超群，爸爸脸上盈满笑意，掏出一个红包递给我：“这是给你的压岁钱。你把它收好，可以拿去买点学习用品什么的。别嫌爸啰唆，学习上千万不能马虎，那可关系着你的将来，你自己得上心。”

我伸出一只手毫不客气地接过了红包。

他又说：“还有，平常少和你妈妈吵架，她也不容易。爸还想求你一件事，爸希望你不要怪我。无论如何，即便我跟你妈离婚了，但你始终都是我的女儿。爸总盼着你将来有出息，你有出息了，爸的心里才会好过一点。”

我能看得出，爸爸说这些时好像真有些伤心，语气伤感。我最怕这个，干脆把头别了过去。

就是这一别头，我看见了高远。

不，是我看到了高远和一个女孩坐在一起。

我远远望了一眼，那女孩笑起来很甜，眉毛弯弯的，两人正喝着同一杯橙汁。

恶心。

我木木地回过头，对爸爸说：“走吧，我吃饱了。”

爸爸的眼底掠过一丝不易察觉的轻松，我想，他现在应该本也没什么耐心陪我坐在这里，他一定正急着回家抱他的儿子去。

同爸爸道别后，我转身朝着乔依家的方向走去。

010

两根手指在门上轻叩数声，我便听到脚步声传来。

乔依开了门，便将我带到她的房间。她又坐回书桌前，提笔继续解答铺在桌上的那张物理试卷，已经完成了大半，一眼望去密密麻麻。

这个傻子，她在这里埋头用功，或许根本就不会想到，那个时刻令她心心念念的高远，此刻正在跟别人甜言蜜语。

我坐在一旁，有些心疼地望着她："真是新鲜，还真改过自新了？这可不是你的风格，家里就你一人还这么用功。"

"没办法，一会儿小李要检查的。"乔依拖着长长的尾音回答了我，再然后，她从椅子上站了起来，直接倒在床上，"再说了，我也怕他们一回家就唠叨，那可真要了我的命。"

小李是乔依爸妈给她新请的家教，是个白白净净的女研究生，总是穿着很花的衣服。乔依总在我面前笑她穿着打扮老土。可乔依妈妈对这个小李抱着极大的希望，把别人送她的巴黎香水都转送给了小李。

乔依对我说：“小李在我妈面前都立下军令状了，说下学期一定要让我考进前十名。你没看见，把我妈乐得呀，嘴都咧开了。”

“那不正好，考不好也不关你的事？”

“你知不知道高远怎么安慰我？”乔依冲我一挤眼，“他说，要那么好的成绩有什么用？将来还不是要嫁给他跟着享清福。”

“乔依！”看着乔依一脸神往，我被吓了一跳，尤其是，给她写下这张空头支票的人，没准正在跟那个女生说着一样的话，于是便正色同乔依说道，“这种想法可要不得！”

“我知道，瞧你！你以为我真那么没出息呀，不过是我爱听这样的话罢了。”她假装毫不在意地回道，可脸上却是藏不住的不可救药的甜蜜。

终于，我没忍住，问她：“如果有一天高远爱上别的女孩，你会怎样？”

“忘掉他。”乔依毫不犹豫地说，“当爱情不再美丽，就不再值得留恋。娅娅，我可不是电视剧里的那些傻女孩，我有我的原则。”

乔依的话让我多少有些释然，于是，我决定暂时还是不要告诉她刚刚在麦当劳看到的一切，内心里默默祈祷着，但愿，那只是一场误会。

可我又隐隐觉得，似乎有什么事即将发生。

而很快，事实便证明了我的预感是对的。

011

就在寒假快要结束的时候，乔依做了一件让她父母伤心欲绝的事：彻夜未归！

那天傍晚，乔依给我打来了电话，她说："高远的妈妈再婚，去新马泰度蜜月去了。高远为这事儿心情不是特别好，我想去陪陪他。好娅娅，如果我妈妈跟你打电话，你就说我在你家复习来着，好不好？"

我根本没想到，乔依口中所谓的"陪陪他"的时长是一个晚上，于是想都没想，就应了下来。

很快，到了深夜，乔依的爸爸妈妈敲开了我家的门，火急火燎地问我乔依在不在。人都找上门来了，我只能老老实实地摇摇头。

乔依爸爸满脸歉意，说："实在抱歉，实在是因为不知道你家电话号码，所以才会这么晚了还来打搅你们休息。"

"没关系的，叔叔。"我赶紧说，"我妈上夜班没回来，反正就我一个人在家。"

“瞧瞧！人家姑娘怎么就不出去疯跑？”乔依妈妈的眼睛都红了，“你说我们乔依，辛辛苦苦养她到十六岁，好端端的，怎么说变就变了呢！”

乔依爸爸也很沮丧，问我：“娅娅，你知不知道乔依她到底去了哪里？”

我实在不忍心出卖乔依，再一次艰难地摇摇头。

“唉，连娅娅都不知道她去哪里了！真是急死人！我们也别找了，她要是再不回来，咱们就直接去警察局报警好了。”乔依妈妈一脸绝望。

我被他们二人的这番言辞吓得浑身直冒冷汗。

乔依爸爸似乎有所察觉，看着我，又说：“周娅，你和乔依是好朋友，如果真知道什么，可千万不能瞒着我们啊！”

“好的，叔叔。但是，请你们放心，乔依肯定不会有事的。”我安慰着他们，“说不定，待会儿你们回到家里，会发现，乔依已经在床上躺着了。”

乔依爸妈走了，那一晚，我都睡得不踏实。

我躺在床上，好容易酝酿出一些睡意，就开始做梦。

我梦见自己和乔依在高高的楼顶上聊天，也不知怎么回事，乔依的身子往后一仰，整个人就从楼顶上坠落下去，她高声向我求救，而我却始终无法抓住她。

我从寒冬的夜晚醒来，满身是汗。

天蒙蒙亮了，而我自梦里醒来后便睡意全无，一颗心七上八下的，总觉得不踏实，于是便穿好了衣服赶往乔依家。

到了乔依家后，我才发现，她彻夜未归。

012

乔依爸妈坐在客厅的沙发上，整整一晚的找寻与等待，让他们看上去分外憔悴。我陪着他们默默坐了一会儿，听着他们的长吁短叹，乔依妈妈的眼泪又断了线一样往下掉落。

我实在不忍心，于是便开口道："叔叔阿姨，高远家你们去找过吗？不过，我也只知道他住在哪个区，要不，我带你们过去，咱们问问看？"

话音刚落，就听门外传来一阵窸窸窣窣的声响。

乔依妈妈闻声快步走上前去，一把就拉开了门，于是，我们就看到了手持钥匙的乔依。

乔依将钥匙收了起来，径自走到爸妈面前，嗓音低哑地说："爸，妈，对不起，让你们担心了。不过，我向你们保证，我没有做任何出格的事，我只是去陪一个孤独的朋友。至于你们如何处罚我，要打要骂，随你们。"

我站在原地，听见乔依妈妈发出一声轻轻的叹息。

再接着，就见乔依的爸爸也从沙发上站了起来。而他们，似乎看都没看这个令他们心碎的女儿一眼，彼此相依着走进了卧室，轻轻关上了门。

乔依见此情景，没忍住，小声呜咽着哭起来。

我气得把她猛地一推，说：“你啊！真是昏了头了！”

“我是昏了头了。”乔依扑过来紧紧地抱住我，低声说，“娅娅，你救救我，我看不到他的时候总会想他，等我看到他了，就会魂不守舍。你说，我该怎么办？”

听着她的言辞，我更加无语。

而乔依呢，心里竟毫无愧疚，一点也不觉得自己此举令父母有多难过，仍伏在我怀里低声地哭。

她的哭声让我心烦意乱，我只能狠下心来，说：“你可真是全情投入啊！但你知道吗？其实，除了你，高远还有别的女朋友，我亲眼看到他们在一起！”

“娅娅，我知道你是为我好，”乔依有气无力地说，“可是你也没有必要这样骗我。”

我欲辩无言。

我肯定也是昏了头了，所以才会跟昏了头的乔依说这些。

对一个入魔的人揭露真相，有什么用呢？

显然，乔依也是一夜未眠，她又断续地哭了一小会儿，再然后，就歪在沙发上沉沉地睡去了。

我坐在沙发一角看着她，最后，拎起被她放在一旁的背包，顺利地从她的通讯录上找到了高远家的电话号码，抄写下来后，我起身离开了。

我决定约高远出来谈一谈。

013

我很顺利地约到了高远，就在离他家不远处的一间小茶坊。

我从未来过这种地方，高远倒熟门熟路，人刚走了进来，就老到地问我：“喝什么？”

我看了一眼菜单上对应品类的价格，说：“绿茶。”

“这么为我省？”高远投来一笑。

“是为我自己省。”我冷冷地回他，“咱们各付各的账。”

“好吧。”高远坐直了身子，看向我，“你可以开始兴师问罪了。”

“兴什么师？问什么罪？”我看着他，眼神里带着质问，“难道，你做错了什么？”

“周娅，你这人，是真的聪明。”高远盯着我，“跟你说话得小心点，要不就得掉进你的圈套。”

我可没心思跟他迂回，直截了当地问：“你爱乔依吗？”

“也许吧。”高远听我一问，目光开始闪躲起来，很快，又装作若无其事地说，“现在就说这个字，是不是早了一些？”

“早吗？那你觉得——十六岁就夜不归宿，是不是更早了一些？”

“你是说乔依？”高远辩道，“我劝过她回家，是她不肯。”

“这么说来，都是乔依的错？！”我整个人被气得差点拍案而起，声音也不由自主地提高了八度。

茶坊里的人都饶有兴趣地盯着我们，这让本想狠狠数落他一番的我，按捺住内心的怒火，低声地说了一句：“乔依真是瞎了眼！”

“你别那么激动。”高远有些疲倦地说，“我以后会注意的。说实话，我并没有乔依想得那么多。但你不同，你很聪明，应该懂我的意思。”没等我回话，他又说，“我欣赏乔依热情、大方、敢作敢为。可是，你有没有想过，她也带给我太多的压力？我认为在我们这种年纪，面对‘爱’这个字，应该要洒脱一点。”

“那你和别的女生呢，是不是非常洒脱？”我直直地望着他，问道。

“什么别的女生？”高远跟我装糊涂。

“乔依是傻了点，可是你别忘了，她还有我这个好朋友！”我站起身来，把五元钱往桌上一拍，说，“实在抱歉，你的那些理论和经验，我实在不懂，也懒得去懂！不过，你要是敢伤害乔依，我绝不放过你！”

说完，我就起身离开了茶馆。

014

开学了。

清晨，朗朗的读书声再度于校园里响起。空气里夹杂着的，是淡淡的青草香味。春天就这样从寒风里慢慢地渗了出来，带给人满心满眼的希望。

这天，临出门前，妈妈竟破天荒地给了我一百元钱。

“买个新书包吧，”她看了我一眼，把钱递了过来，说，“背着这样的破玩意儿去学校，连做样子都做不像。”

我本想反驳她几句，可到底还是忍住了。

或许，是因为我突然注意到的小细节。

妈妈的眼睛往里凹了一些，显得老了许多。

我是在那个瞬间，开始意识到：春天，对我而言，是长大的希望；对妈妈来说，却是老去的绝望。

上学的路上，我对乔依说：“我绝对不要像妈妈那样活一辈子，我发誓。”

乔依另有心事，根本就没有听我同她说的那些话，她问我：“你说，我今天会不会收到高远的来信？”

“会，会，会！”我气急败坏地打她一拳，说，“整天就知道高远高远！一点出息也没有！”

“我愿意。”说完，乔依就哼起了王菲的歌。

“我愿意为你，我愿意为你，我愿意为你忘记我姓名……”

不得不说，乔依的无可救药让我忧伤。

而让乔依忧伤的，是高远。

高远并没有写信给她，她接连等了三天，都没有收到信。

乔依给高远打电话问起此事，高远以开学太忙为由算作回答，连带着拒绝了与乔依会面。

等待和惶恐，让乔依变得脆弱起来，甚至有些神经质。

往往，乔依都会长时间地发呆，或是在一张白纸上写着高远的名字。

这一切，是不是因为我那次和高远的谈话所造成的？

我不知道。

但如果真是如此，我又不清楚，这样对乔依来说，究竟算不算得上一件好事？

我内心无比纠结，反复思量着，是否应该把那次与高远的会面告诉乔依，又是否有必要让乔依知道高远对于这段感情的态度。

可，若我真告诉了乔依，她能接受吗？她的自尊心总是那么强。

又或许，我什么都不必说，书上不早有智者给出答案了吗？

时间能抚平一切的痛，而痛过之后，即能再回到从前。

若乔依能再回到从前，不正是我所期待的结局？

这纠结令我痛苦不堪，此时此刻，我是多么渴望有一个聪明豁达的父亲或是温柔善良的母亲来帮我做一个选择，而不是让我独自陷在举棋不定的青春潮水里举步维艰。

令我没想到的是，我竟然接到了高远打来的电话。

015

高远约我周五的下午去他家附近的那间小茶坊，说是有要事要和我谈。

我说：“有什么事，咱们在电话里说好了。”

“不行，我的心乱极了！”高远的声音飘浮不定，“你知道吗，周娅？乔依昨天居然找到我学校来了！我跟她说了很多，可是，她一句也听不进去。说真的，再这样下去，我怕我们都会受不了！周娅，你是乔依最好的朋友，无论如何，请你帮帮乔依，也帮帮我！”

高远的语气很诚恳，从前的浮躁也都收起不见。

为了乔依，我答应了他。

也是凑巧，那天正好乔依跟我说要去给姨妈过生日，放学后不能跟我一起回家。我摸摸她的长发，说：“好好去乐一乐吧，瞧你最近心事重重的样子，像个老太婆。”

“我知道了。”乔依把头歪过来，说，“娅娅，还是你对我最好。”

乔依的话真是让我感到温暖。

去见高远的路上，我思忖着，这次与高远会面，一定要商量出一个结果来才行。最重要的是，不能让乔依受到任何伤害。

待我走进茶坊时，才发现高远早就到了。

他坐在一隅等我，桌上是他点的两杯咖啡，袅袅地升腾着热气。

“谢谢你能来。”高远说，“无论如何，今天我请客。”

“说吧，你和乔依的事，打算怎么办？”我一坐下，就开门见山地问道。

“就是实在不知道该怎么办，所以才请你来。”高远神情苦涩，“我真的觉得我很不了解乔依，她和别的女孩不同。”

“让我猜测一下，你想和乔依分手，又不敢亲自对她讲，所以，你才会找我，让我做这个中间人，对不对？”我看着高远，冷冷地说，“高远，你知不知道，这样的你，既没勇气又没责任心。”

“如果真是这样，”高远说，“我还找你做什么呢？你要相信我，至少，我不希望乔依不快乐。”

“你已经让她很不快乐了。”我不屑地说。

“是我的错。”高远看着我，一脸认真地回道，“我愿意为此付出代价，但我希望乔依受到的伤害能小一些。”

他停顿了一下，又接着说：“因为父母离婚，所以自我懂事起，我一直都在很努力地做一个好孩子、好学生，就是不想被人瞧不起。打从进入少年时代起，我开始喜欢看到女生看向我时，眼中那种满是欣赏的目光，这让我觉得陶醉和满足。我得承认，在这张好学生的面具之下，其实我做过不少荒唐事。但，你知道吗？自从遇到乔依，我开始意识到，我错了。她太纯太真，让我自惭，也让我难以负载。最让我担心的是，她竟然为此而耽误学业。我跟她谈过，太直的话我说不出口，拐弯的话，她又听不懂。所以，我只能找你。周娅，乔依最信任的人就是你。虽然我们相识时间不长，但我也一样最信任你。我相信，你会有办法的。”说着，高远痛苦地将头埋进手掌里。

这一番言辞，竟让我无言以对。

然而，就在此时，我看到了乔依。

我原以为是我花了眼，可再定睛一看，真的是乔依。

她就站在茶坊的门口，用一种说不出来的目光盯着我和高远。

016

“乔依。”我忍不住叫出声来。

乔依神色淡定，朝着我们走了过来，在我和高远惊讶的目光里，乔依坐在了我身旁，再接着，她轻轻挥一挥手招来了服务生，点了一杯红酒。

“乔依，别胡闹。”我实在见不得乔依这样。

但乔依并不理我，她环顾四周后，笑了一下，目光定定看向高远，说：“高远，真是没想到啊，和你认识了这么久，我竟然都不知道，原来你家附近有这么好的一间茶坊。”

说完这些，乔依又看着我，继续说道：“还有，娅娅，实在是对不起，因为好奇，所以我才会偷看了你扔掉的那封信。不过，我向你保证，我真不是刻意跟踪你，我只是想见见高远。只是没想到，我们竟会同路，所以才撞见了你们的约会。不知道我有没有打搅你们呢？”

老天！乔依在说什么？

我张大了嘴，不知该说些什么好。

“真是戏剧呀。”乔依将桌上的红酒一饮而尽，笑了一声，道，“简直比琼瑶的小说还要精彩。不过，相比小说里的精彩，你们更让我觉得恶心！”

说完，乔依将杯子砰地往桌上一扔，站起身来就跑了出去。

高远见状，连忙起身，说：“我去追上她，我得跟她说清楚。”

“不要！”我心念一闪，一把拉住高远，说，“也许，这就是最好的办法。”

“不行，”高远看向我，“这对你太不公平。”

“相信我，我了解乔依，她是那种宁为玉碎不为瓦全的人。”

高远不安地说：“可这明明是我和乔依的错误，却让你承担这么多，我过意不去。”

“别说了，高远，我希望你能明白一件事，我这么做，不是为了你。”我咬咬牙，“你别忘了，乔依是我最好的朋友，我愿意为她做任何事。”

果真如我所料，仿佛只是一夜之间，乔依便恢复了以往的神采。

她又开始热衷于班级里的事务，同周围的同学嬉笑打闹，抢着回答老师的课堂提问。

只是，乔依不再理我。

没过多久，我就在学校里听见有人在背后议论。

“真是看不出来啊，周娅竟做出这样的事。”

“可不吗？乔依真是倒了霉！真是知人知面不知心啊。”

我无心辩驳，亦不打算力证清白。

我内心笃定，这一次，我的选择不会错。

但我又并非当真强大，流言如刀劈头而来时，心里仍会觉得委屈，还有那么一些些的苦闷。而每当此时，我就会拼命地念书，这样我便什么也不会去想。

乔依很快就发现了这一点，仿佛和我较上了劲一般，也开始变得异常用功学习。

这是乔依的个性，我再熟悉不过。

她绝不允许自己输给我，我为此暗自高兴。

而为了将戏演得更逼真，有时我也会和高远通通信，我会在信中告诉他乔依的近况。

高远在某次的回信中对我说：“总有一天，我会要让乔依知道，她有一个多么值得她骄傲的朋友。”

“当然会有那么一天。”我在心里想。

017

这一天来得很快。

当炎热的风吹过我们的双臂，夏季的骤雨打湿苦读的黄昏时，我们又一次迎来了期末考试。

这一次，我考了第六，乔依第四。

发成绩单时，林老师喜滋滋地盯着我们俩对全班同学说：“好好学，这就是榜样，知不知道哇。”

第六名啊，自从上了初中后，我好像从没拿过这么好的成绩。还有乔依，总分比我高出五分。遗憾的是，竟然无人分享我成功的喜悦。

想来想去，我到公用电话亭拨通了高远的电话。

“真是太好了！”高远说，“我今天就约乔依出来，我要把所有你写给我的信给她看。周娅，是时候了，这一次你别想再阻止我。”

“好吧。”我心情愉悦地说，“随你的便。”

高远在电话那头笑起来：“真好，你和乔依又能回到从前了。周娅，是你让我明白，什么是真正的友谊，更让我明白，它比肤浅的爱，要重上几千倍。”

高远的夸赞让我脸红。

不过，我知道，他说的是真心话。

走在回家的路上，我都在想着周远的那些话，觉得做一个让人欣赏的女孩真的是一件十分幸福的事。

夏季的天空蓝得没有道理，我一仰头，就看见了妈妈。

准确地说，是妈妈的背影。

她正在替谁家擦窗户，头上搭着一块湿毛巾，背已完全被汗湿透。她擦得是那么地专心细致和用力，并没有看见我。

我望着她的背影，满是担忧和顾虑，那么高的楼，那么热的天，我真怕她会不小心从上面掉下来。

我想起了不久前，那天，妈妈跟我说，她下岗了，让我以后每个月到爸爸那儿去领生活费的时候，多要五十元抚养费来。那时我只觉得她这样实在丢脸，也便没睬她。

可我呢？

我从来没有想过，下岗后的她都在做些什么，小学文化的她，是怎样维持生计撑起了这个家。

斑斓的阳光灼痛我的眼睛，泪缓缓地流了下来，伸手一抹，满脸都是。

那天，我去了菜场，买了好多好吃的菜，还特地打电话问乔依妈妈应该如何煲汤。

乔依妈妈高兴地说："真好呀，娅娅都知道操持家务了！暑假有空一定要过来玩，可不能总是待在家里看书。"

我说："好。"

我当然知道，女儿考了第四名，作为妈妈，能不高兴吗？

放下电话，我拿出了通知书，将它放在餐桌上，心里想着，或许，待会儿等妈妈回来的时候，除了满桌的饭菜，她还会留意到这张优异的成绩单。

但，我有些疑惑，因为我实在想象不出妈妈究竟是否会为此喜悦，更想象不出她的喜悦会是什么样子。

这种想象让我觉得遥远，又让我羞涩。

可我已下定决心，不管怎么样，和妈妈之间，要有一个新的开始。

我扭开收音机，把音量开得很大，然后步入厨房开始忙碌。

我将鱼扔进油锅里，它蹦了两下，就乖乖不动了。

电台里播放着张艾嘉的一首老歌——《爱的代价》。

还记得年少时的梦吗

像朵永远不凋零的花

陪我经过那风吹雨打

看世事无常

看沧桑变化

那些为爱所付出的代价

是永远都难忘的啊

所有真心的痴心的话

永在我心中虽然已没有他

走吧，走吧，人总要学着自己长大

走吧，走吧，人生难免经历苦痛挣扎

走吧，走吧，为自己的心找一个家

也曾伤心流泪

也曾黯然心碎

这是爱的代价

……

然后，我听见了敲门声，还有乔依的声音。

她在门外一边敲一边拼命地叫我：“娅娅，娅娅，娅娅。”

多么亲切的尖叫声，我拉开门，乔依忽的一下扑到我怀里，她抱住我久久不放，眼泪直钻进我的脖子。

就在那一瞬间，我明白：我也好，乔依也好，高远也好，我们都付出了代价，完成了各自的成长，从此不再举棋不定，从此开始一往无前。

难道，还有比这更好的结局吗？

雾里盛放的花固然美

但雾总会散去

而在此之前

你得学会辨认真正的花

About G

The Flowers Bloom In The Fog

002 雾里看花

楔子

十二岁的林子靠在大院中央的那棵老槐树身上，懒懒地问正在树下做作业的草草：“草草，你心里最大的愿望是什么？”

“住楼房。”草草头也没抬地回道，“你呢？”

“我？将来长大了我要嫁给一个博士。”林子一字一顿地说。

草草惊讶地抬起头，发现林子说这话时脸上带着微笑，而此刻，阳光透过树叶的缝隙洒落下来，完美无缺地照在林子微微抿着的嘴唇上。

草草心想，才十二岁而已，林子怎么就能这么没羞没臊地想到了嫁人。

住进楼房以后，大院的生活就如同落下了层层帷幕的风景，渐渐模糊了，只有那天的笑和阳光固执地盘踞在草草的心中。

001

十六岁的某一天，草草突然有了一个新朋友，他叫文洛。

草草认识文洛，或者说文洛认识草草，是因为一个打错的电话。

那天，文洛因为拨错号码，将电话打到了草草家。

两人的结识充满戏剧性，但这并不妨碍他们成为朋友。

后来，随着两人相识久了，某次两人又聊起此事，文洛对草草说，如果你当时说的不是“没关系，谁都会有错的时候”，那我们肯定就错过了。

草草特别喜欢听文洛的声音从电话那头传来，他讲着一口流利且标准的普通话，嗓音低沉，听上去就像是一个事业有成的青年男子。

第二次，他们两人打电话闲聊时，文洛告诉草草，他刚刚参加工作，是个根儿正苗红的好青年，希望草草一定不要误会他。

草草握着电话，听到文洛的这番话后扑哧一声就笑了，她说："好人坏人该怎么区分来着？我们老师可没教过。"

文洛听后也笑，回她："草草，你可真幽默。"

话题就此展开。

此后的每个周末，草草总会守在电话一旁，只为等待铃声响起。

久而久之，那种等待的心情变得温暖且绵长起来。

就像席慕蓉所说的那样——少女在夏日的夜晚，穿过满月的山林，去赴一场非赴不可的约会那么轻盈、飘渺而又美丽动人。

爸妈虽然向来开明，但是对于这件事，多少还是有些担心。

他们不止一次叮嘱草草：年轻的时候，多交些朋友没关系，但是，也不能掉以轻心，还是要小心一些。尤其是，倘若他胆敢在电话那头说些不三不四的话，立刻挂断电话，并要做到，往后再不与对方往来。

面对爸妈的苦口婆心，草草只能点头应了下来，嘴上说着知道了，心里却一点也不以为意。

不三不四？实在是他们多虑了。

文洛绝不会是他们所想的那种人，最多，他只是有些神秘而已。

说文洛神秘，自然是有原因的。

譬如说，即便两人成为朋友已久，但草草连文洛居住在城市的哪一端都不清楚。

他此刻是否与她一样走在正好的阳光下？

又不知，两人是否曾淋过同一场雨？

他的长相究竟如何？是清秀还是粗犷？

还有，他是身材挺拔？还是羸弱瘦削？

与文洛有关的一切，都令草草好奇，甚至是，他的眉毛到底是浓或淡，都牵动着她。

但神秘的文洛未曾告诉过她，就连每次两人通话，都是文洛打给她。

在那个年代，手机尚未普及，座机并不显示来电号码，人们还在依赖着电话簿。

草草在某次通话时，向文洛索要他的电话号码。

但文洛只说了一句话，就轻松推掉了，文洛笑盈盈地在电话那头说："你还是学生呢，正是零花钱不够用的时候，所以，还是由我来跟你打电话比较合适，这样的话，你也能省下电话费来，对吗？"

既合情合理，又彬彬有礼，且是从草草的立场考虑、出发，如此轻易就结束了这一话题。

好在草草并不在乎这些，他若不给，那她不要便是了。

她宁愿在和他诉说完一些青春期的烦恼以及成长过程中的一些微妙的欢愉后，抽出时间来，去仔细地揣摩这一切。

那感觉让草草痴迷，就像是她在解答一道极具诱惑力的谜题。她内心里渴望获知答案，却又不忍，也不舍轻易得知。

文洛曾说过，不了解有不了解的美，这样的话，即便有天两人在街头擦肩而过，在人群中，无论仓促抑或仔细对视一眼，也不会认出对方。

就让他们两个成为熟知彼此心事，却永远陌生的朋友，已经很好。

“永远陌生的朋友。”

草草明显能够意识到，文洛同她说这句话的时候，声音跟往常不太一样，有点儿不对劲。草草猜测，他应是刚结束了一场应酬，还喝了一些酒，言语里才会带着几分醉态。

002

草草和林子是小学同班同学。

那时候，她们同住在一个大院里。

林子妈妈是个五大三粗的女人，在巷口的菜市场做贩鱼的生意，因而每每与她走近一些时，总能闻到她身上那股熏人的鱼腥味。

每逢相遇，草草和她说话时，总会不自觉地尽量让自己不吸气，这让她憋得很难受。

因为这个，草草不怎么喜欢林子。

那时候，班上的同学也都不怎么喜欢林子。

与草草不同的是，其他人不喜欢林子，是因为她的学习成绩太好了，好到从来不给别人赶超上来的机会。

上课时，草草看着坐在前排的林子，她盯着林子的后脑勺，忍不住有些忧伤。她想，也许有些事是注定的，有些人生下来就会念书，譬如林子，而有些人，就算用尽力气，也只落得一个成绩平平。

因为同住一个大院，即便不怎么喜欢，但草草仍对林子有所了解。

林子每次放学回家后，从来都不好好看书。草草不是看到林子在帮她妈做事，就是在院子里蹦过来跳过去的，可她的成绩却没有受到任何影响，还总能突破自我。

班里的男生们实在想不出林子有什么学习秘诀，于是就断言，林子肯定是吃鱼吃多了的缘故。

念初中时实行就近入学。爸妈觉得，大院附近的中学师资一般，为让草草能进一所好学校，爸妈可以说是铆足了劲，但结果仍是不尽如人意。

而林子却与草草的命运正相反。

当爸妈为草草费尽心思时，林子还和往常一样，不是忙碌着帮妈妈做事，就是在院子里蹦来跳去。林子成绩向来好，无须参加考试，就直接被市里最好的中学——蜀中，特招录取了。

蜀中与大院相隔甚远，在蜀中就读的学生有着统一的外号——“大学生”。

于是，大院里又多了这样的一幕。

每天早上，“大学生”林子背着书包，书包上总是挂着一个饭盒，在咣里咣当的声音中从大院走了出去；黄昏时分，大院里又传来咣里咣当的声音时，不用看，那肯定是“大学生”林子放学回来了。

在那样的咣当声中，草草低三下四地生活了半年多——直到搬出大院，住到楼房里去。草草才觉得，自己总算能直起腰杆过日子了。

这时是春夏之交的季节，难得这天风和日丽。

中午时分，搬家公司的车子开进了大院，工人们忙碌着将家具往车上搬运。

爸妈站在敞着的车厢前，叮嘱工人注意安全。而林子落了个清闲，手里捏着一根草莓味道的冰棍，和往常一样，靠在大院的那棵老槐树上。

阳光细碎地穿过树叶缝隙洒落下来，林子眯缝着眼，盯着在阳光下奔跑的草草。那天林子穿了一条新裙子，她正忙着帮草草一家搬运一些小物件，草草看着奔跑起来的林子裙摆飞扬，如朵盛放的花。

但草草知道，奔忙的林子在注视着她；而草草，从林子那闪烁的眼神里轻易地就看到了两个字——“嫉妒”。

这还是这么多年以来，草草头一次觉得自己在林子面前风光了一回。

很久以后的某一天，草草躺靠在床上看书时，不知怎么回事，突然便清晰地闻到了那一股熟悉的熏人的鱼腥味。

是在那个时候，草草才意识到一件事，即便搬离了大院，如愿住上了楼房，但其实，她一直都在惦记着林子。她从没忘记那个扬言将来长大了要嫁给博士的女孩，不可否认的是，即便是那哐当作响曾令她觉得羞耻的饭盒声，也都是属于她和林子的少年情缘。

那些年，草草就这样，怀着这份惦念，在学校和家之间游走。她安静地读书，做着十几岁少女应做的梦，就这样风平浪静地长大了。

初中三年的苦读没有白费，草草竟也顺利考入林子就读的学校，自觉有种扬眉吐气的感觉。

去学校报到那天早上，妈妈起了个早，收拾妥帖之后，妈妈开始给草草梳头。草草紧闭双眼，妈妈的手指在她的发间轻柔地穿梭，从发根拎起数绺头发，熟稔地将它们编在一起，刚才还蓬松略略散乱的头发，已然成了服帖好看的辫子。

就要去报到了，一想到自己马上就能在自己梦寐以求的校园里穿梭，可以和林子平起平坐，且不再如从前一样目光怯怯，草草就忍不住慨叹：青春真好，就像一个可爱透顶的魔术师。

报到结束后，竟下起了淅淅沥沥的小雨。

草草站在张贴着新生名单的布告栏前，一双眼来来回回地看了好几遍。她感到非常奇怪，却又无从获悉一个答案——那张新生名单里，并没有林子的名字。

这到底，是为什么？

003

不久后，某次同学聚会，草草无意间听到一同学说：“还记得那个林子吗？就身上总带着鱼腥味儿那个！你肯定想不到，她呀，去念技校了！我听说，她的分数连职业高中都不够！你说奇怪不奇怪？她那会儿可是学霸一般的存在！”

草草听到这一消息时，只觉得脑子嗡的一声，然后，便再也听不到其他任何声音了。

整场聚会下来，草草都是一副游离的状态。

等她稍稍回过神来时，才发现，同学们已经四散了。

草草知道这个消息后，新学校带来的骄傲和满足感顿时少了一半。说穿了，初中三年，她之所以那么拼命，为的就是，希望有一天能和林子再比上一比。

只是，等她努力奔赴而来，却发现对手根本就不在。草草泄了气，像失了斗志的勇士一般，失落到极点。

“看来，那句老话说的一点不假，真是三十年河东三十年河西。”草草在电话里有些沧桑地对文洛说，“可是说真的，我特别希望林子还能跟我一个班。”

“你啊，真是个要强的女孩。”文洛说话的语气就像一个兄长，责备与称赞混一起。

草草却很喜欢。

几乎每个女孩都渴望着能有一个关心自己、帮助自己成长的哥哥，草草也不例外。而能够对着一个或许永不会谋面的人展开心扉，可以肆无忌惮地吐露自己青春期里的每一个微妙心事，这让草草觉得惬意。

草草想，或许，文洛肯定就是那个上帝安排过来，协助自己成长的那个人。

新学期，第一堂课是语文课，用“轰动”这个词来形容这堂课丝毫不过分。有一个女生拿课本挡着脸，悄声跟同桌说语文老师长得像歌星黎明。

声音不大不小，恰巧落在草草耳畔。

草草定定地盯着语文老师看了好一会儿，其实，乍一看不觉得有多像，但再细看两眼，还真如那位女生所说。

而最让人激动的，是这位语文老师说，他讲课的方式跟其他老师不太一样，不会来朗读分段再逐字逐句地分析那一套。他说：“语文，靠的是对文字的感觉，而我呢，就是要培养你们的这种感觉。在我看来，以那种陈旧的方式讲语文课，还不如自个儿躲在课桌下面看小说。”

话音一落，引得一片掌声。

在这雷鸣一般的掌声里，草草有一些云里雾里的感觉，觉得有些不真实。

因为，因为这位新老师的声音像极了文洛！

如果他真是文洛的话……

草草被自己的这一想法吓住了。

可实际上，在草草的心目中，文洛的确应该是这个样子的：温文尔雅、谈吐不俗，一身的书卷气。

就在这时，语文老师无意中和草草对视一眼，草草顿时有些心慌，心里想着：若他真是文洛，那我就不活了！

那天，直到快要下课时，语文老师才开始同大家自我介绍，他两指捏起一根粉笔，转身在黑板上苍劲有力地写下三个大字：章雪宏。

全班同学都忍不住笑了起来，除了草草。

有个调皮的男生声音不大不小地说，念起来像个女人的名字。

章老师听到后，并未生气，相反，他也跟着笑了起来。

这位章老师很了不得嘛，草草想，而他的宽宏大量，倒让同学们不好意思起来了。

那个周末，草草一接起文洛打来的电话就说：“我们班来了一个新语文老师，叫章雪宏！”说完这话，草草整个人就屏住了呼吸，她很想知道，文洛会有什么反应。

“哦，他人怎么样？”文洛只平平淡淡地问了一句。

“和你一样。”草草说这话的时候有些激动又有些失望。

“和我一样？你知道我是什么样吗？”文洛笑了。

一听这话，草草就明白了，章老师一定不是文洛，而这一切，不过都是自己的一场大梦罢了。但她到底还是没忍住，又问道：“文洛，我想知道，这是你的真名吗？”

话一出口，草草就后悔了。

草草害怕文洛会因此而误会她，害怕文洛会以为她很在乎他到底是什么样子的人。若文洛一旦这么想，那么，他们神圣的友谊就有斑点了。

草草想，可能并非如自己所想，文质彬彬、谈吐不凡这样的字眼，兴许离文洛很远。或许，搞不好文洛其实只是工厂车间里的工人也说不定。而他可能是因为面子，所以才会有意无意地掩盖自己的身份。

好半天，两人都没有说话。

过了一会儿，文洛开口道：“草草，我知道你在想什么，可是……”

可是？可是什么？

草草并未有机会得知，只因后面的话，被文洛略过了，或者说，是被他中断了。

就这样，那天的谈话结束得非常别扭。

那一夜，草草睡得不踏实，满腹的懊恼，又不免有些委屈。

她心目中的文洛，的确是章老师那样的，温文尔雅、谈吐不俗又一身书卷气……

004

再见林子时，草草险些没认出她来。

而与林子读中学时有关的细枝末节，草草还是从亦美口中得知。

亦美是草草他们班的文娱委员，人长得分外漂亮。草草听旁人说过，亦美打小学起，就一直担任文娱委员。尽管所有人都知道，她唱歌总是走调，但一张好看的脸，坚固地为她守护了这份“专利”。

亦美同草草说起林子的开场白令人震惊，她说：“林子是个娼妇。”

亦美的这一开场白，是草草始料未及的，而她所使用的字眼，让草草深深震惊，还有些不快。

用这样的词来形容一个少女，草草觉得亦美太过分了。

亦美并未察觉到草草的情绪，接着以不屑又带着轻蔑的语气继续说道：“她初二时，就跟人家睡过了！这么说吧，她是整个蜀中几十年来才出现的败类！学校没开除她，已经算是仁至义尽了。”

直到说完这些，亦美才从草草的脸上看出了一点怀疑的神色，但她并未深究，只以为草草不相信她口中所言，又紧接着补充道：“草草，我这个人，从来都不会说谎的。你要是不信，不妨去问问其他同学。在蜀中念过书的，有谁不知道她的劣迹呢？”

草草无意去向其他人求证这件事的真伪。

于她而言，是真是假，都不重要。

那天放学回到家后，吃饭时，草草没忍住，将这些讲给了爸妈。一时间，一家三口面面相觑相对无言，最终都叹了口气，没有再就此事深聊下去。

爸爸沉默了一会儿，他看向草草，说：“旁人的事，我们也管不了那么多。但是草草，你一定要记住一句话，女孩子，一定要洁身自爱地长大，才不会落人口舌。”

“这还用你说？难道我们家草草不是这样长大的吗？”妈妈的话里有对草草的笃定信任，也有对爸爸发言的不满。

还好，话题就此打住，而草草则放下饭碗，以温习功课为由头，回了房间。

草草躺在床上，一双眼睛盯着天花板，有些失神。

爸爸说的大道理，草草举双手赞同，但在草草看来：洁身自爱与落人口舌，从来都是两码事，更不必将两者相提并论。

人们并不会因为你的洁身自爱，就会停止制造流言。更何况，与那些从他人口齿之间碰撞而出的轻飘飘的流言相比，洁身自爱，只会被映衬得脆弱不堪。

洁身自爱救不了她，但流言，却能够轻易便将她击溃。

而想要远离流言，草草选择做人群中的独行侠。

对此，草草并不觉得有什么不妥。她刚入这所新校，交心的朋友并不存在，交恶的对象亦尚未出现，用功读书才是头等大事，而这样独来独往，也挺好。

倒是亦美，三不五时总会来找草草，多半都是扯一些有的没的。

亦美不止一次说："草草，你知道吗？我最欣赏的，就是你总是一副与世无争的样子，在你的脸上，我甚至都看不出有什么欲求。"

往往，草草都会淡淡一笑作为回应。她并不打算领亦美的这份情，单单就那日亦美对林子的评价，已经让草草为亦美盖上了小肚鸡肠的标记。

于是，大多数时间，草草都独来独往。

独来独往给草草带来的最大福利就是，她有足够多的时间与自己相处。

碰到提早放学的时候，而她那天又恰巧带着随身听的话，不需多想，草草一定会放弃去挤公交车，她会戴上耳机，让音乐在耳边轰然而起，沿路步行一个小时回家。

她享受这样惬意的时光，仿若在这一刻，她与喧嚣奔波的人群，是隔离开来的。

就是这样，那天，草草走在回家的路上，耳畔响起的，是 Beyond（超越乐队）的那首名为《大地》的歌曲前奏。

人们都说曲可共情，这是真的，草草又心生遗憾，心里想着: 黄家驹怎么就死了呢？戏剧中带着一些荒唐，实在可惜。

就是在这一情境下，草草隐隐觉得，那个走在她前面的女孩似乎正盯着她在看。

草草下意识地取下耳机，一双眼看了过去。

“草草。”女孩冲她喊道。

“林子？”草草不确信地看向女孩，但很快，又以肯定的语气喊道，“林子！”

林子直直站在前方，将头一歪，脸上是一副“可不是我”的表情。

草草将林子仔仔细细地看了一遍。

她与林子之间，隔着几年的时光，她发现，林子跟从前大不相同，完全变了个样。

现在的林子，哪里是从前的那个女孩?

她如雨后春笋般地拔高了一大截，衣着打扮新潮，几绺微微卷曲的头发贴在前额上。但有一点未变，自打童年时就已显山露水的狡黠与聪慧，如今仍贮存在她的眉宇之间，只多不少。

一瞬间，那些原以为早已忘却的往事，哗一下朝草草齐齐飞来。一时之间，草草百感交集，竟不知到底该说什么才好，只得站在原地，定定地看着眼前的林子。

而林子，也与她一样，正站在夕阳下，笑吟吟地看着她。

那一次的相遇，就这样淡淡地过去了。

草草与林子聊了不多时，断续梳理了林子的现状。

林子确实在技校就读，学的专业是钳工。得知这些时，草草打心眼里为林子感到惋惜，在草草的意识里，钳工这样的专业，从来都不会跟任何一个女生挂钩，那是男人们才会从事的工种。

惋惜之余，草草又想到了从前。

不知道林子是否还记得，十二岁时的夏天，她们二人在大院的那棵老槐树下所谈及的愿望?而草草又忍不住瞎想，也不知道，这世上，到底会不会有哪个博士愿意娶一个钳工做老婆呢?

那之后的好几天，草草的心里都乱糟糟的。

再次跟文洛通话时，草草没忍住跟他说起了这件事，草草说："我总希望，亦美同我说的那些都是假的。"她一直都希望，亦美口中所说的与林子有关的事，是她的一派胡言，但至少，她去读技校这件事是真。草草惋惜地说："你知道吗？一直以来，在我眼里，我始终觉得林子是那种绝顶聪明的人，她比任何人都知道要如何去把握自己的人生。"

文洛默默听着，好一会儿，安慰道："你啊，实在是太善良了。但是，你也得知道，人生可不像肥皂泡，不是你想往哪儿吹就可以的，所以，很多与我们所想背道而驰的结局都有可能发生。"

"我知道。"草草只觉得无力。

"嗯，知道就好。但，知道容易，学会接受可就不容易了。"文洛以一句尤其哲学的话回应她。

"但我还是不相信这一切。"草草不甘心地说，也不等文洛再说些什么，就将电话挂断了。

005

那天，早读课的时候，亦美手里捏着一张纸片轻晃着，纸张刺耳的声音持续传来，而她就那么在教室里来回走动。待到大家都看向她时，她才清了清嗓子，说：“章老师给了我一个任务，他希望大家能用一句话来表达一下对语文课的意见和建议。”

草草接过亦美递来的纸，拿起笔在上面写了一个：很好！

不过，草草的字写得尤其小，若是稍不留神，极有可能就会被忽略。

在遇到章老师之前，草草从不知道，也不敢相信，原来老师和同学的关系，是可以如此亲密。

又或许，是章老师这个人与众不同。

平日里一到课间，总会有一帮同学围着章老师聊天。

至于聊的是什么，草草并不清楚，她向来不会参与。并非草草不想，而是总觉得不好意思。

她就坐在座位上，听着章老师的声音远远地飘过来，那声音总会让她不自觉地想起文洛，太像了。

偶尔聊到好笑的话题，大家会哄堂大笑，而亦美的笑声最为独特，拉风箱似的，细听之下又觉得像是在哭，让人觉得浑身不自在。

每当这时，草草就十分惦念文洛，她突然发现，如果没有文洛，自己的青春将是何等的寂寞与不堪？

这么想时，草草暗暗做了一个决定，或许，就这个周末吧，她应该向文洛表达一下自己的感激。

除了感激，她还要告诉文洛：其实，不管他做什么工作，这些都不重要，关键是，要对自己有信心。

这话简单，却已是草草这个年纪所能想到的最有哲理的了。

这些话，在草草心里憋了很久，只是，她一直没敢说，她怕说了会伤了文洛的自尊，但她想好了，就这个周末，她非说不可。

好朋友只一个就行，但应是掏心掏肺的那种。

她从文洛那里得到的太多，而她理应有所回报，这样才算公平。但思来想去，她真正能够给到文洛的，也只有这些温暖的依赖。

可能是因为心有所期，草草觉得那一个星期特别漫长。

又到了深冬时节，草草对冬日的黄昏总会多出几分偏爱。任它寒风凛冽，可夕阳当空，光透过云层垂落下来，柔柔的，并不热烈，轻易就将万物笼罩其中，平添了几分慵懒，宛如油画。

就是在这样的黄昏里，亦美走了过来，她说："草草，我想和你聊聊，行吗？"

教室里空荡荡的，只有她们二人。也不管草草是否愿意，亦美已经开始自说自话："我寂寞得快要发疯了。草草，你就听我讲讲心事，不会觉得烦吧？"

"不烦。"草草应了声。

"那就好。说真的，我一直都希望咱俩是好朋友呢。"亦美看向她，"我没少同你讲吧？我真的很欣赏你呢，草草。可是，为什么你总是一副拒人千里之外的样子呢？"

"我只是不愿意接受你用那么过分的话评价林子。"草草叹了一口气，说出了实情。

亦美听后，怔了一下，便开始长篇大论起来。

"原来是这样。其实，说真的，有时我也挺可怜林子的，虚荣整个儿害苦了她。听说她打从小学时因为成绩好就被宠惯了，后来进了蜀中，她还抱着这样的想法。

"可林子也不想想，蜀中是个什么地方？凡是能考进蜀中的学生，谁还没两下子？但林子倒好，好的出不了头，她就来坏的。初二那年，也不知道怎么回事，反正她忽然就和校外的人混到一块儿了。那之后，她就彻彻底底变了个人，平常她要是看谁不顺眼了，就会恐吓谁，三番五次之后，她直接在蜀中臭名昭著。她的这些行为，连校长都知道了，有次在全校大会上，校长直接点名批评，还记了处分。但林子并没有把这些当回事，站在台上神气地往人群里东张西望。

“你可能不知道，真说起来，我应该是林子那时候最恨的人。我嘛，成绩好，人长得也还算漂亮。林子不止一次找小流氓在校门口堵我，害得我不管上学放学都得让家长接送。但这些还不算什么，最夸张的是，那会儿，整个蜀中，谁都不敢和我交朋友。知道为什么吗？他们都怕得罪林子！

“可是呢，学校担心影响声誉，即便林子依然横行，但仍迟迟不肯开除她。她妈三天两头就来学校，直奔校长办公室而去，什么也不说，坐在校长面前就一直哭。学校没办法啊，但也只是对她警告警告再警告。可是，警告顶个屁用啊！我那会儿天天都盼着能赶快毕业，因为只要毕业，林子就一定会滚蛋。”

草草静坐着，听着亦美一条条列数着林子的“罪状”，并不言语。

说了好一会儿，亦美才停了下来，然后，她目光定定看向草草，又接着说道："这么说吧，就因为她，以至于后来只要我一回想起初中生活，就觉得充满屈辱！我恨她！"

"可是，现在不同了。因为我知道，打从毕业的那一刻起，她便永远地失去了超过我的机会，而我的人生，只会比她的更好。"亦美苦笑了一下，又道，"你可能不知道，我曾因为林子发誓不再与谁交好，但是，我遇到了你。草草，你知道吗？你是不同的，甚至在人群中像个异类，你与世无争，淡泊名利，我喜欢和你接触，也希望能和你做朋友。"

草草听着，心里默默想着：亦美，你错了。我之所以能考上蜀中，有一大部分的原因，是林子。可草草并没有告诉亦美，她想，亦美一定不会理解。

"你觉得章老师怎么样？"亦美突然换一个话题。

"不错。"草草说。

"是吧，章老师真有学识。"亦美说，"我崇拜一切有学识的人。"

亦美的眼睛又黑又亮，说话间，她朝窗外望去。

而草草，望着亦美的背影，忽然间似乎明白了点什么。

"亦美，你将来想要嫁个博士吗？"草草脱口而出。

"那倒没有。"亦美笑了起来。

——可是，你知道吗？林子她想。

但她或许永远失去了这个机会！

草草看着亦美，心中有千言万语，她想告诉亦美：瞧，你成绩不错，长相不俗，轻易就能拥有比旁人更多的东西，而以后的人生里，还会更多。所以，不要太在意曾失去的那一星半点，与你漫长的人生相比，它根本算不得什么。

那些话在草草的心里翻涌着，但她最终还是选择了不说，只是轻轻拍了拍亦美的肩以示安慰。

她无法说服自己将之全盘托出，是因为她明白，那是亦美的人生，她更无权将自己的主观意识强加于亦美。有时候，什么都不说，也是一种回应。

草草的手落在亦美的肩上时，亦美抬起头看着草草，明显被草草的行为所感动，而亦美也发现了，草草的眼里竟含着泪，顿时跟着不禁眼眶一红。

草草想，这种能让他人感动的感觉，可真好啊！

那个周末，草草与文洛通话时，她很郑重地问：“文洛，我曾让你感动过吗？”

“当然。”文洛迟疑了一下，然后高声回答。

“亦美说的没错，虚荣是女孩子的天性。不可否认的是，其实我也是个虚荣的女孩子。但是我很庆幸，庆幸自己既没有成为林子，也没有成为亦美。而这一切的功劳，都是因为你的存在。真的，文洛，谢谢你。”

说完这些，草草利落地挂了电话。

草草想，文洛一定明白她的意思，而他在电话那头，说不好会觉得很感动。

006

接连几日，有意无意间，草草总会想起那个下午。

那天中午，草草吃过午饭后，抄着一本英语单词本在校园里闲逛。

在草草的心目中，蜀中是一个到处都充盈着高雅书卷气的地方。而这种气质在高三学生的脸上书写得更为淋漓尽致，草草渴望着能早一天完全融入其中。

看见章老师远远走过来时，草草正站在第二操场的花坛边。章老师应该是刚吃完午饭，手里拿着一个饭盒。

起初，草草不知该不该同他打招呼；后来，草草是在纠结该怎样打招呼，于是便傻傻地站在那儿。就在她反应过来时，章老师已经笑吟吟地站到草草跟前了。

“散步吗，草草？”章老师温和的声音令草草一下子想到文洛，整个人立刻就轻松下来。

“是的。”草草点点头。

草草以为这一点头章老师就会走开的，可章老师非但没走，反而将手中的饭盒放到了花坛边。

这让草草的心里有些慌慌的。

这时已经是深冬了，阳光细碎落下。

章老师望着草草手中的单词本，说：“不妨碍的话，咱们聊聊。”

“好的。”草草一边说一边将单词本放进自己的上衣口袋里。

“我认真地看过你的每一篇周记，觉得你是个内心很丰富的女孩，可你好像不大爱讲话。能告诉老师原因吗？为什么不多交几个朋友呢？”

“我跟同学相处得很融洽，大家都是我的朋友呀！”草草急急地解释。

“你瞧，我不是这个意思。我只是想告诉你，一个人在成长的过程中，朋友是很重要的。”章老师语重心长地说。

“谢谢您！章老师。”草草很认真地回道，“我有好朋友，我有一个很好很好的朋友，我从他那儿得到很多，我一点也不觉得孤独。”

“是吗？看来，在这个班里，你是我最不了解的学生了，这应该是我的失职。”章老师说。

草草本来想说，章老师你错了，其实你是一个好老师，可她又觉得当着老师的面说这话，有些拍马屁的成分。于是，到了嘴边的话最终变成了一个简简单单的“不”字，脸立刻就红了。

就在这个时候，亦美不知道从哪儿钻了出来，一下子趴到草草的肩上，看着章老师热情洋溢地说：“可以加入你们吗？”

章老师望着亦美笑了一下，问：“大冬天穿裙子，不冷？”

那天的亦美穿着一条紫色的背带裙，毛呢材质，裙摆上缀着几只美丽的欲飞欲停的白蝴蝶。

“不冷！”亦美很高兴地说，“谢谢老师关心。”

谈话自然而然地就在亦美和章老师之间进行起来，草草当起了一个耐心的旁听者。可是后来，草草听着他们两人聊天的内容，不自觉地加入其中。

在聊天的过程中，草草的脑子里反反复复地响着章老师刚刚说过的那句话：你是一个内心丰富的女孩，你是一个内心丰富的女孩……

这话，文洛也曾经说过。

她原本以为只有文洛知这一点，而如今章老师仅凭几篇周记就道出，这让草草有点措手不及。

上课铃响了。章老师拿起饭盒对草草和亦美扬了扬手说：

“快去上课吧，别迟到了。”

走了好几步后，亦美突然回过头去，草草望着她，美丽的亦美如同她裙子上的白蝴蝶一样，矜持而又渴望地看着章老师渐渐走远的背影。

期末考试快来的时候，草草拼命地念书，这种拼命让她仿佛又回到了夏天中考的前夕。记得那时，妈妈下班常会给她带回一根小城最昂贵的淡绿色的冰激凌。草草总是习惯吃着冰激凌背书，偶尔会回头看着妈妈忙碌的身影，在感受到温暖之余，她又会狠狠地想，说什么也要考上蜀中说什么也要比过林子。

然而，这一次，草草不再是为了林子或是为了妈妈了。

她发现，自己爱上了“出类拔萃”这种感觉；她也发现，自己开始愿意成为一个被更多人注视的女孩子。

当然，在这些人中间，包括有好几个最为重要的：譬如文洛，譬如亦美，譬如章老师。

“章老师的确是个好老师。”草草对文洛说，“不过，我对他的欣赏绝对跟亦美的那种不同。我只是觉得，能够被老师重视和理解，是一件很愉悦的事，我应该以更好的成绩来回报他。”

“可是草草你得明白，你学习不是为了别人，是为了自己，你本就是一个聪明或者说聪明绝顶的学生，好好念书，将来你会考上心仪的大学，读研究生甚至做博士，你说呢？”

草草咯咯地笑起来：“女博士可嫁不出去。”

“那你漂亮吗？”文洛紧接着问。

“还行。”草草说。

“丑陋的女孩没多少人愿追，漂亮的女孩没多少人敢追，‘还行’的女孩是人人注目的对象，你怕什么呢？”文洛笑着说。

“我要在十九岁的时候恋爱。”草草一本正经地问，“文洛，你说这算不算早恋？”

文洛不回答，在那边笑个不停。

这是草草和文洛之间第一次聊到这方面的话题，可草草一点也不觉得害羞，她想起十二岁时和林子在老槐树下的那段对话，很遗憾自己竟比林子晚熟了差不多整整五年。

“祝你进入前三名。”最后，文洛很抒情地说，“对生活热情向上的人，总会到达成功的彼岸。”他很少这么抒情地说话，倒让草草觉得有点酸溜溜的。

007

期末考试结束的那一天，亦美在校门口追上草草说：“腊月二十一是我十七岁的生日，爸爸说要在梦园替我办个生日Party（聚会），草草，你也来好吗？”完了，她又补充道：“对了，章老师也来。”

草草看着亦美，说：“好的。”

就在点头的时候，草草又看见了林子，她就站在不远处。

这个冬天一直没有飘雪，林子穿着一件白色的长毛衣，围着一条淡红色的围巾，如一株亭亭玉立的荷。

草草和亦美双双走近了，林子在亦美惊讶的眼神中说：“草草，我找你。”

草草和林子坐在市体育场高高的环形石梯上。

冬天的夜幕挡也挡不住地缓缓落着。

林子低低地说：“草草你告诉我，是不是她们都和你说，我是个坏女孩？”

“过去了就算了。”草草握住林子的手，安慰道，“一切仍可以重新开始。”

“重新？”林子一听激动起来，“谁能把我的十四岁、十五岁、十六岁还回来？没有人会相信我，也没有人会同情我……”

“林子！”草草轻呼一声。

“还记得小时候吗？”林子的语调再次低下来，“也许你不相信，我那时最嫉妒的人就是你。你家没有那股难闻的鱼腥味，我始终记得你家的书架，散发着沁人心脾的书香。你知道吗？每次我站在你家的书架前，心里最常想的事，就是快快长大。我才不要什么童年、少年，我要早一天拥有自己的家，家里有和你家一样的书架，上面码着满满的书。”

“可是你上了蜀中，”草草叹了口气，“林子，你当时就该把握住机会。你也不知道吧？初中那三年，我唯一的目标就是能赶上你。”

“是。起初刚踏进蜀中的那一刻，我也以为一切都能实现。可是很快我就发现，在蜀中，我根本不算什么，成绩不再优异，拼了命也只落个中等。你相信吗？半学期下来，老师甚至都没正眼瞧过我。这些都没什么，可是课程开始越来越紧，放学回家后我又要帮我妈卖鱼。作业完不成，我只好早上到学校抄别人的，班主任发现后，当着全班同学的面说我，蜀中从没有学生抄袭作业的现象，不要一颗老鼠屎坏了一锅汤。自那后来，再没多少人愿意与我讲话了。草草，那时候，我孤寂极了，更害怕这种孤寂，我才十四岁啊。”林子说起这些来，声音略略有些颤抖。

“后来呢？”草草问。

“后来便升初二了，我仍然一个朋友也没有。我不想早早回家卖鱼，在路上闲逛的时候，就认识了几个读职高的小混混。我的名声也因此变得更坏了，但实际上，又有谁知道，我打心眼里瞧不起他们。我只是希望有人能跟我说说话，哪怕是给我写一封信也好。你知道吗？学校传达室的大长桌上总有好多信，可从来都没有一封是我的。有一天，我突然很想知道那些信里面究竟都写了些什么，于是我便想到了——偷信！那时传达室管理很不完善，学生的信总是各班生活委员到长桌上挑，我偷了好几次，也没有人发觉。每次偷完后，我就躲起来看那些信，看完了就撕碎毁掉它们。虽然满心愧疚，可那些日子让我觉得其乐无穷。有好几次，我都拿到一个叫章雪宏的老师的信。”林子说。

“章老师？”草草惊讶地问，“你拿了章老师的信？”

“是。那时候他的信总是特别多。”林子说，“好多都是女孩子写来的，有的还在里面夹着照片。我觉得他的信比较好看，于是就常常刻意去拿他的。再后来，事情败露了，他们在我书包里搜出了几封我还没来得及销毁的信。校长在全校学生大会上点名批评了我，我妈到学校来哭过好几次。

我觉得丢人极了，当时宁愿退学也不愿我妈到学校来丢人现眼。于是我就一遍一遍地对自己说，蜀中容不得你，退学算了，退学算了。那年，我十五岁。”

“再后来呢？”草草发现自己已经完全被林子的叙述吸引住了，如同走进了一部扑朔迷离的电视剧中，急切地等待着剧情的发展。

“也许我下面说的你可能不会相信。”林子苦笑了一下，又坚定地说道，“但不管你信不信，我都要告诉你。”

“你讲，我信。”草草简直有点迫不及待了。

在草草迫不及待的目光中，林子缓缓讲起了故事的后续。

“就在这个时候，我突然被叫进了校团委办公室，办公室里有个很年轻的老师在等我，他就是你们现在的班主任。对了，那时他还在校团委工作。他温和地请我坐下，又温和地对我说，同学，我好像有几封信在你那儿，能还给我吗？我说都被我撕掉了。他又说，我想你是一字不落地看过那些信的，能不能告诉我信里都写了些什么，我想我的朋友应该正等着我的回信呢。我说我忘了。他说，林子同学，我找你来谈就说明我相信你。

“说真的，我当时不知道他说这话是什么意思，我以为他要追究我的错误，我怕我妈又会到学校里来哭，于是，我就把所记得的信的内容给他复述了一遍。那是我第一次发现，我的记忆力和转述能力竟是如此的强。

“他好像听得很满意，末了，他说，你是个很有灵气的学生，也许你并不像大家所说的那样。我一听这话立刻就哭了，比听到批评还哭得厉害。后来他告诉我，他能理解我，他说，林子，你这么做也许只是因为太寂寞，人都会做错事，错不可怕，只要以后不再犯就好。

“那天我走的时候，他借给我一本小说，告诉我看书是解除寂寞的最好方法。他还说，不过，千万别让你们老师知道了，老师总是反对学生看小说的。

“再后来，我就常常到他那儿借书了。其实，也不是特别想看书，只是每次去找他借书的时候，我们两个人闲聊些什么都会让我觉得很快乐。直到有一次，他让我以后不要常去办公室找他了，如果大家都知道他这里有书借可不得了。我失望极了。他却小声说，你星期天到我宿舍来取，好吗？我立刻又高兴极了。”林子说道。

“那你去了？”草草问。

“去了。”林子回忆着，断续讲道，“他的宿舍很小很乱，到处都是书，我坐在一大堆书里晕乎乎地说，章老师你是一个好老师，我将来一定要好好报答你。他却突然伸手抱住了我……”

草草明显感觉到林子的身体在说这句话时哆嗦了一下。

“现在想起来，那真是一段颠倒迷乱的日子。初三就要来了，大家都在狠命地念书，好多人念得脸都发青，我却天天在书包里背着他借给我的琼瑶的《窗外》。那些日子我异乎寻常地沉默，我怕极了却又抗拒不了他的诱惑，仍然每个星期天都去他那儿。有时高兴了，他会给我朗诵很多美丽的文章、诗歌，特别是徐志摩的那首《再别康桥》。在那样的声音里，我常常会幸福地以为，我虽是一株温湿的草，可是我开花了。他常说，这是只属于我俩的秘密，让我不要告诉别人。而我呢，当然选择了守口如瓶，心里想着，我要快快长大，做他的新娘。”

“章老师和你？！”草草问。

“是的，谁也不会信。他也这么说。记得那年五四青年节的时候，市里要评选优秀青年教师，他也是候选人之一。宣传材料在校门口贴出来后的那个星期天，我去找他，他用一贯温和的语气对我说，看到校门口贴着我的照片了吗？林子，最近就暂时别来找我了，好吗？过一段时间，我去找你。”说到这里，林子笑了一下，又继续陷入回忆里。

“我很耐心地等。不久，评选结果出来了，他如愿以偿地被选中。期末考试到了又过去了，可他始终没来找我，我觉得自己快要疯掉了。我怎么也不会忘记最后一次去找他，我跟他说，你要是不理我，我就告诉校长去。他温文尔雅地坐在书桌前，一边看书一边平静地对我说，你去吧，没有人会相信你的，林子，你这样名声在外的学生，谁会相信？他说这些时连头都没有抬。”林子说。

“那你去告了吗？”草草问。

“没有。”林子突然笑起来，“其实，他说得很对，谁会相信我呢？！我能怎么办呢？只有变本加厉地变坏，逃课，恐吓同学，甚至打架，直至声名狼藉地毕了业。”林子满脸痛苦，低声说：“他不会知道，曾经有一个女孩，一直幻想着他能伸出手来拉自己一把，可是他没有，而是将她推向了更深的深渊。”

那一年，林子十六岁。

“进入技校之后，我开始渐渐地从他的阴影里走出来了。可是我越来越强烈地意识到，他对我的这种欺骗是不能容忍的，出于一种近乎复仇的心理吧，我常常到他宿舍附近去转悠，我不希望有人再像我这样。”说到这儿，林子转过头来，看着草草说道，“我今天之所以找你，就是因为我有一种预感，恐怕亦美已经成了第二个我。”

在草草的万分惊愕中，林子站起身来，取下围巾围到草草的脖子上说：“草草，如果你相信我刚刚说的那些话，请你帮帮亦美吧！”

“我怎么也不肯相信，我怎么也不肯信！”草草在电话里对文洛反复地说，“世界与我们想象的太不一样了，章老师可是我们全班同学的偶像啊，可他却……我该怎样去跟亦美说呢？”

“草草，你听我说。”文洛像在哄小妹妹，“这世界让人尴尬的事很多，慢慢你就会懂的。”

“可我不希望亦美也像林子一样，直到错了以后才知道回头。但我实在不知道该怎么办，我又该如何告诉亦美。”草草无力地说。

文洛在电话的那端沉默了许久，突然轻声说：“草草，我们见一面，好吗？”

——“草草，我们见一面，好吗？”

——“见一面，好吗？”

——“好吗？”

草草软软地坐在沙发上，她等这个邀约等得太久了。而此时，她的心情就像一个迷途的人在不知所措中突然瞥见曾熟悉的景物，感动与心酸都让人招架不住。

“好的。”草草气若游丝般说。

008

去见文洛的时候，是亦美生日的前一天。

在赴约之前，草草做好了三种心理准备：一种是文洛很英俊，比那个唱歌的黎明还要英俊；一种是他很丑，像菜场上林子她妈鱼摊对面卖肉的大金牙；还有一种，是他长得很一般，就像大街上那些千篇一律的面孔。

大概，人也就只有这三种样貌了，草草对自己说，无论是哪一种，也一定要表现得毫不意外，从容地与文洛像个老朋友那样去交谈。

循着文洛给她的地址找去，果真是一家小厂。

草草在心中为自己的丰富的想象力鼓起掌来，斑斑驳驳的铁门留着一条小缝，草草迟疑地叩了叩。

很快，传达室里走出来一个人。起初，草草还以为是个小孩，走近了才发现是张大人的脸。草草被吓得倒退了一步，她在电视上看到过这样的人，那人身高极矮，是残障人士。

惊吓之余，草草尽量镇定地问：“请问，你们厂里有个叫文洛的人吗？我找他。”

“是草草吧？”那人开口说话了。

那声音，那声音，草草听了一年多了，不会错。

绝对不会错。

“文洛！”草草在心里低低地吼了一声。

“我是文洛。”他说。

传达室临窗的桌子上静静地躺着一部白色的电话。

文洛那低低沉沉的声音又在草草耳边响起，草草疑心自己在做梦，使劲地摇了摇自己的脑袋。

“对不起，草草。”文洛说，“我知道你怎样揣测过我，我也想过对你保持这份神秘，直到你长成大人。直到那天，你跟我讲了林子、亦美还有你们班主任的事，我意识到，你不再是个小女孩了。雾里的花固然很美，但总有雾散的时候，你需要用自己的眼睛辨认雾散之后的每一朵真正的花朵。我从小就受到别人的歧视，可认识你以后，你给了我许多在周围的世界里无法寻到的自信和欢愉，希望这次见面能够对你有所帮助。以后，你还会发现更多与你想象截然不同的东西，但是，我相信你有能力承受它们了。”

“我懂了。”草草轻轻地说，然后伸出手，在文洛那硕大的额头上抚摸了一下，“谢谢你，文洛！”

草草不太记得，那天自己是怎样走出那斑斑驳驳的小厂大门的，也不记得是如何跟文洛道别的。

她只记得那天华灯初上，小城步入最美丽最温柔的时分，而她一边走一边流着泪，怎么抹也抹不干，后来干脆便不抹了，任泪珠在街灯的映照下一闪一闪地划过脸颊。

草草想，自己这十七年来学到的东西不会比今天多。

明天，明天就是亦美十七岁的生日了。

她要去梦园，她要第一时间告诉亦美，让亦美知道林子的故事、文洛的故事。

而亦美，本应该有一个很美的十七岁。

还有，她还要去告诉十七岁的林子：不要轻易用过去来衡量生活的幸与不幸，每个人的生命都是可以绽放美丽的，只要你珍惜，譬如文洛。

冬夜很冷，草草想好了，她还要拜托林子替她织上一条围巾送给文洛。

草草想，林子一定不会拒绝。

我始终相信 /

总有一天

我们会在世界的屋顶

再次相遇

About G

Standing On The Roof Of The World

003 站在世界的屋顶

001

我是一个矮个子的女生，成绩一般，也没什么宏图大志。

直到我遇到杜飞。

那是初三那年的冬天。

那天雪下得很大，一片一片地落下，又飞舞到教室的窗户玻璃上，像一个个可爱的小精灵，好奇地观摩着我们的苦读。

老师就在这个时候把杜飞领进我们的教室，她说：“这是我们班转来的新同学，他的名字叫杜飞，大家欢迎！”

于是我们都鼓掌，杜飞把腰一弯，说：“请大家多多关照！”

标准的九十度鞠躬。

大家稀里哗啦地笑，我们班的男生还没有这么文质彬彬的呢，大家都皮得要了命。杜飞抬起头来的时候，我吓了好大一跳，仿佛在哪里见过他，但是我实在想不起来了。

一张非常熟悉的脸，一个听起来很熟的名字：杜飞。

等大家又笑起来时，我才想起来，电视剧《情深深雨濛濛》

里面有个角色也叫杜飞，而且是我很喜欢的苏有朋扮演的。

电视剧里的杜飞总是状况百出，不是屁股被钉子扎得血肉模糊，就是从马上摔下来被摔得半死不活，但是他挺帅。而我在看电视剧的时候，经常感慨，在现实生活中，像林心如饰演的那样的“笨蛋”角色可并不多见，因为帅的男生就算是个倒霉蛋也总是被人喜欢着，这好像是没有办法改变的事情。

再看看眼前的杜飞，其实他也挺帅，甚至和苏有朋有那么一点神似。不过，遗憾的是，他的个子不算高，往男生堆里一站，绝对是会被淹没的那种。

就在我东想西想的时候，竟听到老师正安排他与我做同桌，让和我同桌了一年的罗林搬去教室倒数第二排的空位。

这让罗林十分不高兴，他坐着不动，好一会儿，他说：“老师，我的视力下降了，不能坐后面。”

杜飞朗声说道：“没关系，老师，我坐后面就行了。”说完，杜飞三步并作两步，直接走到那个空位坐了下去。

我低声奚落罗林：“这下好了，一对比，人家的形象比你高大多啦！”

“麦小丫！”罗林恶狠狠地说，“你给我闭嘴！”

似乎还不解气，罗林又接道：“形象高大有什么用？让他过来跟我比比个儿？”

天知道！杜飞尚未转到我们班之前，罗林在我们班男生中可是最矮的！现在好了，杜飞一来，他倒自觉有人给他垫底了，难怪他会那么得意非凡。

罗林的声音老大，我估计全班同学都能听见。还好，老师示意我们不要再出声，否则，我一定要让罗林好看！我麦小丫虽然个儿矮，但人却不是好欺负的！真把我惹急了，掀翻他的课桌也不一定！

002

中午，放课后，学校食堂，乌泱泱全是学生，而每一个窗口都排着长龙一般的队伍。

我远远地看着边上的那一排，杜飞就站在那列队伍中。

我又开始走了神，他的个子虽然不高，可是一眼看过去，那副眉清目秀的样子，让我又忍不住拿他跟苏有朋比较起来，私心里觉得，他并不比苏有朋差半分！

我暗暗地对他有了好感，很想找机会去跟他说说话。

就在这时，我看到罗林带着几个男生恶意地朝着杜飞冲了过去，轻轻松松就将杜飞一下子挤出了队列。

欺生？哼哼。

这种事怎么可以在我麦小丫的眼皮底下发生？

我高声喊道：“杜飞，杜飞！”我朝他挥挥手，示意让他到我这边来。

而罗林呢，他见我如此举措，在那边的队伍里做出一副恶狠狠的表情，甚至还向我挥起了拳头。

喊！

我才不怕呢，我回了他一个白眼，懒得搭理他。

杜飞看看我，笑着朝我走了过来。

等他走近了，我跟他说："饭盒给我，我来替你打饭，你喜欢吃什么？"

"我不挑食。"他看我一眼，认真地说道，"不过，还是让我来排队吧。我是男生，两个人的饭我还是端得动的。"

"好呀。"我喜不自胜，把饭盒递给他后，跟他说道，"我喜欢吃土豆，那就辛苦你啦！我先去占位子。"

杜飞很快就打好了饭，将饭盒放置在餐桌上后，他坐到了我的对面。

这一幕被罗林看到了，和他同坐的几个男生开始在那边狂吹口哨，一副惹人厌的样子，实在欠揍。

但此刻，我并没有心情跟他们胡闹。

我看了杜飞一眼，叮嘱他不用搭理他们，然后将捏在手里的饭票递给杜飞，谁知道，他竟直接推了回来，笑眯眯地说："不用了，你帮了我一次，今天我请客。"

我不是那种扭捏的人，很爽快地把饭票收了起来，但也没忘记补充道："好吧，那说好了，下次我请。"

杜飞埋头吞下一大口饭，含糊不清地说："你们食堂的秩序不太好呢，要是在我们以前学校，插队这种事是绝对不可能发生的。”

“我们学校向来如此，我早见怪不怪了。”我回道，“跟你们学校比？我们这儿是不是差多了？那你干吗要转校呢？”

“也不能这么说。”杜飞看着我，“对比之下，是有相差的地方，但是也有好学生呀！比如，你。”

“哈哈，”我忍不住大笑起来，“你可别说笑了！你还不知道呢，我呀，成绩烂得可以。”

“没事，我成绩还行，”杜飞信心满满地说，“我可以帮你。”

杜飞不知道，在遇到他之前，我从没想过要好好学习这件事。为此，妈妈整天在家里长吁短叹，她最担心的就是将来我考不上高中。而我呢，自从进了这所学习氛围并不那么浓厚人人混日子的中学后，就再也没有任何的斗志了。

简单点说，就是我在放弃自己的道路上越走越远，有些破罐子破摔的感觉。

003

杜飞转来没多久，就迎来了考试。

杜飞还真是谦虚，竟然跟我说——自己只是成绩还行。依我看，明明就是很行嘛！他在那场考试中，直接拿了个班级第一的名次，就连第二名的分数，都与他差了一大截！

我尤其喜欢看杜飞在课堂上回答老师提问的样子，自信满满、口若悬河、条理清晰，就好像，无论老师丢出什么样的题目，都难不倒他似的。

一点也不像我，一旦被老师挑中，整个人刚站起来，就立刻呆若木鸡、瞠目结舌，太丢脸了！

我又一次丢脸后，下了课，杜飞走了过来为我讲解题目。我得承认，我整个人听得是云里雾里，总觉得他跟我讲的是无字天书，而我任督二脉尚未打开，根本不得要领。但是，我得承认，我实在不忍心，也不舍得拒绝他，他太认真了。

认真的人，怎么能拒绝呢？

我能给的，只有十分的尊重和百倍的努力尝试理解。

春天来临，桃花盛开的时候，我和杜飞已经成了很好的朋友。

明明如此寻常，可在其他人眼中，这可不是什么好事。尤其是在我校，但凡有一个男生和女生稍微关系好上那么一些，总免不了会带来诸多流言和恶作剧。

他们叫他杜飞，阴阳怪气地叫我如萍。

我不生气，甚至每次听完都会一笑了之，但偶尔也会生气地对他们说："我要真是如萍就好了，这样的话，黑豹子的鞭子就能教会你们怎么做人了！"

只有鞭子可不行，最好是雪姨出马，给他们点颜色看看！

有天早上，我刚走进教室，就看到黑板上被人画了一幅流里流气的画，一个男生和女生搂抱在一起，他们的头上是硕大的雨点，而画的一旁，题了几个斗大的字："《情深深雨濛濛》正在进行时！不看不看白不看！"

不用说，这肯定是罗林的杰作。

除了他，再没有人这么无聊了。

庆幸的是，那会儿教室里的人并不多，我走上前去，一把抄起黑板擦，三两下就擦得干干净净。

不过，我还是为此而生气不已。

这个罗林，简直欺人太甚！

我三步并作两步地跑到罗林面前，没好气地说：“你给我站起来！”

“什么事？”他一脸坏笑，装出一副什么也不知道的样子。

“你！马上给我道歉！”明明坏事做尽，还假装天真一脸无辜，我气结，一双眼瞪着他，重申道，“当众道歉！”

“你神经病啊！”罗林看了我一眼，大声说，“我凭什么跟你道歉？请问，我做什么招惹到你了？要我说，根本就是你自己神经过敏！”

说完这些，罗林看着我，开始恬不知耻地笑了起来。

“罗林，我警告你，如果你不道歉的话，我一定会给你点教训！”

“什么教训啊？”他不嫌事儿大地看着我，问，“天呀！该不会是你要和我谈恋爱吧？这可不行，这种事你确实拿手，但我可不行啊，我怕配合不好你呢！”

简直不可理喻！跟这种猪头有什么好说的，根本就没有道理可言！

我被罗林的那番话激到了，直接冲到讲台上，顺手就抄起了老师讲桌上放置的教鞭，一个箭步冲了下去，对准罗林，重重地给了他一教鞭。

教鞭落身，罗林吃痛，整个人立时尖叫起来。

而我并没有打算停止，好言好语跟他沟通，他偏不配合，那我也只能如他所愿了。

在罗林的尖叫声里，我又挥舞着教鞭敲打了他几下。

我并不心软，这是他的现世报，活该。

兴许是被我的样子吓坏了，有其他的同学开始跟着罗林一起尖叫起来，整个班级乱糟糟一片。

为终止这场恶战，有些同学趁机冲了上来想要拉住我。

可是抱歉，盛怒之下的我，力大无穷宛如战神附体，谁也拉不开我，换句话说，是谁都别想拉开我。

直到我再次扬起教鞭时，一眼瞥见杜飞走进了教室，我才泄了气，丢下手里的教鞭，跑到座位上开始痛哭起来。

而罗林？完全被打蒙了。

他早该想到会落得这样一个局面的，从他开始蓄意制造流言和持续不断的恶作剧行为时，就该知道，他应为此付出代价。

可此刻，罗林一脸呆滞。

004

第二天，罗林的妈妈来了学校，她请班主任为罗林换一个同桌，说什么不希望自己的儿子和一个女疯子天天坐在一起，担心会受影响。

班主任跟我说这些时，我忍不住冷笑了一声，道："正好！我也不想和一个白痴天天面对面，我还怕他的白痴会传染给我呢！"

班主任无奈地看了我一眼，叹了一口气："麦小丫，你一个女孩子怎么会这么暴力呢？"

"老师，不是我暴力，是人不犯我我不犯人！"我依然振振有词。

振振有词的代价就是，换来了班主任的一顿说教。

走出教师办公楼的时候，我才发现杜飞在等我。

他见到我后，便大步朝我走了过来，微笑着问我："麦小丫，你没事吧？"

"没事。"我耸耸肩。

“没事就好！”他又说，“我就说嘛，清者自清，哪有好人受训的道理？”

他这番话，多少让我有些脸红。

的确，就这件事而言，我似乎并没有什么过错，可我也并不无辜。尤其是我手起鞭落的那一刻，我和罗林并无差别，我们都是犯错的那一个。

我不愿多言，只是冲杜飞无力地笑了笑。

好消息是，第二天，我便和罗林结束了同桌关系。调走了罗林，班主任安排了一个看上去老实巴交的小白脸坐在了我旁边。

我多少有些不满，毕竟，我还希望老师能安排杜飞和我做同桌呢。

可我又非常清楚，这是绝不可能发生的事。

毕竟，流言四起，又有多少人会相信我与杜飞的友情像水晶一样呢？

不过，有一件事大家有目共睹。

那就是——在杜飞的帮助下，我的成绩开始一天一天地有所提升。

平常没课的时候，我们也会一起聊天。

教学楼的天台，是我和杜飞最常去的地方，那里平时多半不会有其他的人。

每当站在天台上的时候，我总喜欢仰起头，看向高而远的蓝天。

而有些时候，我也会突然地兴致高涨，为杜飞高歌一曲。

我喜欢那个时刻的自己，更喜欢自己肆意的歌声。它总会让我产生一种错觉，我是自由的，不受束缚的，就好像自那一刻起，我正如同飞鸟于蓝天飞翔。

杜飞也夸我唱歌好听，他打趣："你要是当歌手，一定会红。"

"天底下哪有我这么矮的歌手？"我回他，"别做梦啦。"

"怎么没有？"杜飞说，"矮点怎么了？你每次上台穿上高跟鞋不就完了，实在不行，到时候我给你找人打一副高跷。"

我脸一板，佯装生气："你故意气我呢是不是？"

"是我不对，是我不对，"杜飞认错挺快，"小的再也不敢了。"

我哈哈笑了起来。

"其实，你不必太在意身高啊，"杜飞将双臂伸开，"你看我，我就从来不在乎。我总以为，只要站在世界的屋顶，就可以俯瞰芸芸众生！"

我就这么被杜飞的一句话击中了。

在我从前的人生里，还从未有过一个男生，和我说过这样的话。

我在心中默默想着，是啊，站在世界的屋顶，这是多么美妙的事情!

我是自那次与杜飞的谈话之后，开始发现自己渐渐有所改变的。

我不再大大咧咧，成了一个拥有诸多幻想的女生，开始敢于去幻想未来，开始学会欣赏自我，开始能够接纳自身的不足，开始有勇气去尝试改变自己。

而这些，无一不是我对美好未来的期待，它如细雨，竟将我内心深处的自卑慢慢洗去。

我仍是我，但又崭新到宛若旁人。

当然，这一切，都要感谢杜飞。

是他以自己的智慧点拨了我，让我找到了新天地，让我相信，光也会有的。

我开始越来越喜欢和他待在一起，以至于我也开始刻意地去忘记我们之间就要到来的别离。

005

有一天，杜飞给我看了一张女生的照片。

我只看了一眼，照片上的女生明眸皓齿，漂亮这个词似是为她而造。

杜飞告诉我，女生是他以前的同桌。

杜飞看了一眼照片，感慨道：“等我念高中的时候，我就可以回南方了，到时候，如果还能跟她做同桌该多好啊。我到现在都没忘记，我办理完转校跟大家道别的时候，她还哭了呢。”

我忽然有些木木的，什么也说不出来。

杜飞并没有察觉到我的情绪，仍沉浸在回忆里，接着自顾说道：“她是个很特别的女生，跟你一样。”

“跟我一样？特别？”我惊讶地看着他。

“当然啦，麦小丫，你也很特别啊！你这个人啊，总是疾恶如仇，我这辈子，还没见过比你更讲义气的女孩子呢。”杜飞看向我，给我了答案。

我还是有些木木的，心里明明打起了鼓，可脸上只有傻笑的表情。

只是，一想到杜飞说他就要回南方读高中，我的心里又狠狠地滚过一阵伤感，什么也说不出来，说什么都觉得无力而苍白。

就在这时，竟然下起雨来，大雨倾盆而落，淋在我和杜飞的身上。

这雨来得突然，我们没有带任何雨具，但也不打算找一个地方避雨，反而在大雨中畅快地奔跑起来，我能听到鞋子落在地面上时敲击雨水发出的清脆声响。

有人不解地看向我俩，可我并不在乎。

他们啊，或许只有在回到家里之后，洗了个热水澡，用吹风机吹干头发时，才会猛然想起，这人生只有一次的少年时光，曾嫌漫长而又觉得短暂，没有理由不用来珍惜。所有的荒唐，也都是青春的佐证。

经过一个大水坑的时候，杜飞朝我伸出了手，他说："来，小丫，我带你跳过去。"

我没多想，毫不犹豫地伸出了我的手。

那是我第一次和男生握手。

杜飞的手很大，轻易就将我的手握住，我能感觉到他的掌心温热。然后，他轻轻一跃，我随着他跳了起来，在那一刻，我们就像两只鸟一样，高高跃起，又轻轻落地，如此顺利地跳过了那个大坑。

快到家的时候，天空开始放晴。

我被雨后的风温柔地轻抚着，觉得此刻的黄昏，就像一只没有睫毛的眼睛，将我的心事肆意散于天空之中，毫无遮拦。

初三的日子，说慢也慢，说飞快也飞快。

一眨眼，就要中考了。

杜飞要回户籍所在地考试，临别的时候，他对我说："麦小丫，你要抓紧啊！你这么聪明，一定可以考一个好高中呢。"

"不知道可不可以遇到一个好同桌啊。"我低着头，答非所问，"像罗林那样的同桌，我这辈子也不想再遇到了。"

"哈哈，那就祝你好运啦！"杜飞笑眯眯的，他说，"我会经常给你发 E-mail(电子邮件)的。在这陌生的城市里，你是我最好的朋友。"

"好。"我的手摸着书包，揉了又揉，最后也只是闷闷地说了一句，"祝你一路顺风。"

一直到杜飞离开，我也没有把早就放在书包里那个为他准备的礼物拿出来。

那是我的一张照片。

在此之前，我幻想着能亲手递给他，并真切地希望，希望有一天杜飞也会拿着那张照片对另一个女生说：“她啊，叫麦小丫，是个很特别的女孩子，我真想再跟她做同桌呢！”

可是，这到底成为我的幻想。

我默默地流了泪，我明白，自从他拒绝了老师的安排，走向教室的最后一排落座时，我与他，就注定不会有这样的机会了。

006

杜飞走后，我一直都没有他的消息。

而我呢，想念他的时候，就拼命地念书；没有他的消息的时候，也是拼命地念书。不解之人见我如此，只觉得我疯魔了，他们不理解，为什么一个人念书如同与他人拼命一样。而我，自然也不必与不理解的人道二三。

好消息是，在夏天的时候，我终于接到了一纸高中入学通知书；坏消息是，并不是什么重点高中。

但妈妈对此已经非常欣慰。

收到通知书的那天，我独自一人去了学校的天台。

我和往常一样，将身体靠在栏杆上，微微后仰，如此轻易便将天空和流云尽收眼底。然后，我又很自然地想起，曾经有一个个子没那么高的男生，他总是站在我的身旁，他曾对我说过这样一番话。

他说，只要站在世界的屋顶，就可以俯瞰芸芸众生。

而我，又是多么希望杜飞能够知道我今日的所得，而这些进步，都是因为他。

又一个冬天快要到来的时候，我终于收到了杜飞给我发来的邮件。他在信的末尾，还附了一首游鸿明的歌曲——《站在世界的屋顶》。

杜飞在信中说："走的时候竟忘了送你一件礼物，那就以这首歌作为纪念吧，祝小丫一切都好。PS：当我听到这首歌的时候，总能想到你站在屋顶为我唱歌的样子，很是想念。"

我将信一字一字看完，内心愉悦，然后将那首歌下载了下来，点击了播放键。

游鸿明唱着："我站在世界的屋顶，又不由自主地想你，在华灯初上的夜里，呼吸着你的呼吸……"

我又流了泪。

不过，这泪水里带着成长的喜悦和欢欣。

我与杜飞之间，其实什么也没有说过，但我真的非常感谢命运。

是它，让我在年少无知的岁月里，和一个叫杜飞的男生有过那么一次遇见。虽然流年逝水，快乐的东西总是一瞬间消失，但我相信，我会慢慢地长大，成为一个大家都喜欢的特别的女孩子。

而我始终相信，那个在不经意间就改变了我一生的男孩，总有一天，我们会在世界的屋顶，再次相遇。

只要生命尚存 /

热情

仍可继续燃烧

About G

Dancing
Fish

004 可以跳舞的鱼

001

那年夏天，爸爸给我买回来一台电脑。

安装完毕后，他对我说：“安，学学上网吧。”

爸爸是 IT（互联网）界人士，他并不反对我上网，相反，他是非常支持。而我，似乎也秉承了他的生活习惯，黑夜里永远比白天更有精神。

凌晨十二点，其他与我年纪相仿的多半已经入睡，而我却在网上。

相较白天，我更喜欢在夜晚上网，喜欢在万籁俱寂的时候听到我的手指在键盘上轻轻敲击发出的声音。一上一下，一下一上，不觉嘈杂，反倒以为这声如妙音。而我修长的手指，是长了翅膀的鸟，可以带着所有的情绪高高地飞翔。

我用了很短的时间就学会了打字，而且打字的速度飞快。

在网上，我有另外一个名字，我叫自己“小鱼”；有时候，更简单一些，叫 Q，反正这个字母看上去也挺像一条小鱼。

很多人和我聊天的时候都会说：“小鱼啊，你慢些，我看着屏幕上的字眼花缭乱的。”

可是我慢不下来，我喜欢不停不停地讲话，享受在网上战无不胜所向披靡的感觉。

直到我遇到了安，他的ID（账号）竟和我的真名一样。

我问他：“你为什么要叫安？”

“想要你安静些。”他说，“这么晚了，你还这么吵。小心会被OP（网管）踢出去的啊。”

我说：“我就吵。”然后，我就开始不断地点击动作栏里的小标志：唱歌，剪指甲，跳舞，倒水喝……聊天室里的动作几乎被我点了个遍，一个接连一个出现在屏幕上。

可能是我运气比较好，那晚网管一直都不在，我在聊天室内随心所欲到了极点，甚至闹到最后，连我自己都觉得这次实在有些过分了。

我以为安会像其他人一样，选择直接将我屏蔽掉。可是，他一直都没有这么做。

等我终于自觉无趣停歇下来的时候，他给我发过来一句话：“我很想知道，一条可以跳舞的鱼，会是什么样子？”

我忽然安静了，又忽然一点也不想闹了。

我对安说：“你要是愿意，我就跳给你看。”

然后，我给安发了一张贴图。

那是一条金黄色的小鱼，它在蓝色的海洋里游泳。那是我自己画的一幅作品，不管别人如何评价，反正我是非常非常的喜欢。

平常，我最喜欢画的就是鱼，在我随手画下的不少作品里，主角都是一条鱼。大概，是因为我实在太喜欢安徒生撰写的童话，尤其是那则关于美人鱼的故事，连带着也喜欢看鱼在水里自由自在地游泳。

如我所料，安看完后，回道："真美。"

但我只看到这两个字，然后，屏幕就不动了。

聊天室里不许贴图，我被网管踢了出来。

网管来得真是时候。

002

第二天，我又和往常一样的时间上网，待我上线后，才发现，安已经在等我了。

他见我头像亮了，很快便发来消息：“今天还跳舞吗？小鱼。”

“跳啊！”我手指飞快地回复他，“接着昨天的跳个够！”说完，我又开始在聊天室里发送贴图。

那些贴图全是我画的鱼，一张张，千姿百态。

和我打字一样，我贴图的动作也是快而迅速。很快，我的电脑上就彩色一片金光耀眼。想必他的也是，我猜，他应该很快就会受不了了，马上下线落荒而逃也不是不可能。

谁知道，一切皆不如我所想，他竟然回我：“小鱼，在这里贴图被网管看见又要被赶了，不如我请你到我的聊天室里去吧。在那里，我说了算。”

我向来都喜欢在大聊天室里待着闹腾，从来不去私人的聊天室，那会让我觉得不自在。

可是那天，说不清什么原因，或许是因为安的诚恳打动了我，总之，我竟然鬼使神差地跟着安去了他的聊天室。

小鱼的天空，是安的聊天室的名字。

我刚一进去，他就给我“倒”了一杯茶，很有聊天室管理员的样子。

我还沉浸在聊天室的名字里，没忍住问道：“你也喜欢鱼？”

“是啊。”他回我，“特别喜欢会跳舞的鱼。”

“呵呵。”我笑。

安又说：“这里只有我们两个，你要是不介意的话，我可以陪你来一段双人舞。华尔兹、探戈，还是恰恰？随你挑。”

“安啊，”我没忍住，回道，“我还未成年呢。”

安在那边沉默了好一会儿，然后发过来一个脸红的表情，说：“对不起啊，可能是因为我平常在网上总能看你和别人聊天，所以便自以为你至少已经二十岁了呢。”

“没关系。”我回他，“也可能是因为我长得老相。”

安像个孩子一样嘻嘻地笑了起来，主动招供：“我今年二十二岁，大学快毕业了，学的是中文专业。”

“你是姓安吗？”我好奇地问。

“不是，我的初恋女友叫安安。”

“你们分手了？”

“可以这么说。”安说，“她是学舞蹈的，跳舞可好看了。我叫她小鱼。”

哦，原来是这样。

我跟他说道：“安，对不起，此小鱼非彼小鱼。”

“哈哈，我知道，只是当我第一次在聊天室里看到你的时候，我真的以为是她呢。”安说，“她跟你一样，她想要说话的时候，话总会特别的密，给人一种特‘皮’的感觉。但是，她要是不想说话的时候，就一句话也没有，特别安静。”

听他这么一番话，我才意识到，原来安已注意我好久。

跟他聊天的空闲时间，我决定好好参观一下安的聊天室。

小小的聊天室，被他装饰得很美，背景是淡蓝色的，一条条若有若无的小鱼隐在淡蓝色背景下，偶尔会有近乎透明的泡泡浮现，很快又消失不见。

我问安：“你一定很爱你的女朋友吧。”

安很快便回道：“当然。”

“那你一定是被她抛弃了吧？”

安疑惑：“为什么这么说？”

“要不然，你怎么会对她念念不忘呢？”

“哈哈。”安开心地笑了，他说，“小鱼啊，你还没成年呢，哪里会懂什么爱情？”

我嘿嘿地傻笑，并不说话。

安说的一点也没错，我确实不懂什么是所谓爱情。别看我平时在网上性格张扬，其实，在现实生活中，我甚至从来不和男孩子说话，我只擅于纸上谈兵。

安自说自话：“是这样的，两年前，一场车祸，让她永远地离开了我。”

真是一个伤感的故事，虽然有一点俗套。

我很久没有说话，当我决定说些什么的时候，在此之前，我先给安“倒”了一杯茶。我说：“也许对她而言是解脱呢？你有没有想过，要是她还活着，但是却因为车祸而缺胳膊少腿，那才叫痛苦呢。”

“可我不这么认为。”安说，“我总觉得，只要还活着，生命就可以燃烧热情，没有了生命，就只剩永远的冷清和寂寞了。”

说实话，我有些被安的话打动了。

我与安相识于网络，并未得缘相见，对于彼此的了解，也都是通过对话，以这些零碎的片段拼凑出来一个模糊的样子。

但直觉告诉我，安是个很老实的男孩。

我选择相信他向我陈述的故事，尽管爸爸总是告诫我，网上的一切最好都不要当真，以免被骗。

003

那之后，我开始习惯去安的聊天室了。

往往那里都很安静，只有我和安两个人。

在安的面前我不用扮成熟，他也不会因为我的年纪而小瞧我。我们聊很多很多的话题，整个过程都很开心，也很放松。

安告诉我，他最想去的地方是西藏，因为他女朋友的老家在那里，她曾经许诺过，要在雪山之巅为他起舞，然而，遗憾的是，诺言尚未兑现，她就与世长辞了。

偶尔，当我们一旦聊起这些旧事时，安会说："好了，不说这些以前的老掉牙的故事了。我可不能把小朋友带坏了，不然我可过意不去。不如这样，你跟我讲讲你们班上的故事吧？比如说，你有没有暗恋的男生啊？"

"没有。我是乖乖的小女生。"

"是吗？"安回道，"我相信你。"

"安，"我告诉他，"其实我也一直想去西藏。你愿意带我一起去吗？"

“可以啊。”安说，“等我毕业了工作了挣钱了，我就带你坐飞机去。”

“不要紧，没钱我们可以走着去啊。”我一本正经地说着旁人觉得不着调的话。

“那怎么行？”安说，“最次，也是我骑自行车载你去吧？对了，小鱼，你重不重啊？”

“很重。”我笑着说，“我是一条胖小鱼。”

“不过，你肯定吃得比我少。”安说，“到时候，我们带上一点水草就可以出发上路了。骑累了，我们就坐下来看看星星。”

“安，你真像个孩子。”我如实说道。

“因为我天天跟一个孩子在一起啊。”安飞快地打着大段的文字发来，“小鱼，小鱼，说真的，我已经很久很久都没有这么开心过了。我真的没有想过，有一天，我竟然会跟一个小姑娘成为好朋友呢。”

我喜欢安说的“好朋友”这三个字，纯洁极了，高雅极了。

然后，他有些忧郁地说：“小鱼，要是有一天我们真的见面了，不知道你会不会嫌我长得不够帅呢？”

“不会的。”我正儿八经地安慰他，“我一生中最喜欢的人就是我的爸爸，别人都说他长得好丑啊，可是我一点也不觉得。”

“那我就做你大哥吧，成了一家人以后，就可以什么都不在乎啦。”

“你想得美。”我回他，“我才不要和网友做什么兄妹。”

“真的吗？”

“真的。”

我知道，对于我的回答，安肯定有些失望。

但，这是我的原则。

004

安的聊天室里设有语音功能。

但我们很少进行语音交流。

我们一致认为，文字交流也许更加适合我们。

那天是我的生日，安知道后，说要给我唱一首歌，他让我打开语音。盛情难却，我只好打开语音，但将音箱的音量调得很低，然后我便清楚地听到安的歌声从音箱里低低地传来。

安为我唱的那首歌是《一天到晚游泳的鱼》。

多少喜乐在心中，慢慢游

多少忧愁不肯走，流向心头

就像我在网里游，永远不会问结果

他们知道爱情没尽头

一天到晚游泳的鱼啊，鱼不停游

一天到晚想你的人啊，爱不停休

沧海多么辽阔，再也不能回首

只要你心里永远留我

……

安的歌声清澈而明亮，像小河一样哗哗流过我的心头。他在唱的时候，还将其中的某一句做了改动，但我仍很喜欢。

就在我畅游在安的歌声里时，爸爸推门走了进来。

他温和地看了我一眼，递给我一条漂亮的丝巾，那是他特地送我的生日礼物。接过后，我当着爸爸的面将丝巾挂在胸前，跟爸爸说："他唱歌还挺好听的。"

爸爸笑了笑："要不然，我把麦克风给你拿过来？你也唱一首跟他比比，你唱的肯定比他强。"

"千万不要！"我说，"我可不会唱情歌什么的。"

"那就唱儿歌嘛。"说着，爸爸就扯着嗓子唱了起来，"生产队里养了一群小鸭子，我每天清晨带着他们到池塘里……"爸爸唱了两句后，便笑着走了出去，还贴心地替我带上了门。

安也唱完了，问我："好听吗？"

我在聊天室里给他发了无数的掌声。

哪知道，他竟然说："小鱼，你也唱一首吧，我还挺想听听你唱歌呢？"

“不行不行，我只会跳舞，不会唱歌。”

“那你就说两句话吧，让我听听你的声音也行。”

“不行不行，”我手速飞快地敲打键盘，“还是文字聊天让我更自在一些。”

“你呀，”安有些恶作剧地说，“你别不是哑巴吧？”

我哈哈大笑。

我对安说：“你放心，我不是哑巴，而且我的声音很好听，但是我不想说话，我只喜欢聊天，就是这样。”

“怪女孩。”安说，“不过，真的很可爱。”

我的手放在键盘上，没忍住笑了起来。

005

有很长一段时间，安都没有上网。

对于他的突然消失，我自然不知道是怎么一回事。

网友就是这样，你只知道他的存在就像是一个符号，而某天一旦这个符号消失了，那么，这个人也就完全地从你的世界蒸发了，再也无处找寻。

我开始又像从前一样，经常一个人待在安的聊天室里，觉得有些空荡荡的。我发现，自己竟然有点想念他。

也渐渐意识到，是因为安的出现，才让我在很多个夜晚都不再感到寂寞。

我突然有些后悔，后悔自己没有认他做哥哥。

想念一个人的时候，心里的感觉总是千奇百怪的。就像我想念妈妈。我的妈妈不知道在哪里，在我最需要她的时候，她都没有留在我的身边过。但我并不恨她，还是会常常想她，背着爸爸想她，背着爸爸流泪。

我是一条没有妈妈的鱼。

只有当我在水里，才能感觉到隐约的温度。

所以我叫自己小鱼。

终于，我又听到了安叫我小鱼，他亲切地喊着：“小鱼！”

从他发来的断续的文字中，我猜测，他似乎是冲进聊天室里来的：“小鱼……你在啊，真好……，我以为你……不会在这里……等我了。”

“我知道你会回来的。”我故作镇定地回他，“你还没跟我说再见呢？”

“对不起，小鱼。我去找工作了，走得好急，所以没有跟你打招呼。”

“是吗？”我问，“找到了没有？”

“找到了。”安回复道，“在她老家的一所学校，当老师。你知道吗？上课的时候，只要透过教室的窗子，就可以看到碧空如洗，还有连绵不绝的云朵。”

“是吗？真好。”他形容到位，以至于我脑海中直接产生了画面。

“只是那里没有网吧，我可能很长时间都不能上网了。但是，小鱼，我会常常想你的。”

“哦。”

“等你将来考上大学了，如果你有空的话，欢迎到我那里去玩。到时候，我就骑着自行车载着你到处逛逛，好不好？”

“好。”我回他，“要是累了，我们就坐下来看星星。”

“到了那个时候，你就可以跳舞给我看了。”安说。

我看着这句话百感交集，其实我很想告诉安——我不是她。

但是，最终我还是选择了不说。

我不想让他难过。

于是我敲出了二字作为回复，我说：“好的。”

发送完毕后，我有些恍然，一想到安就要跟我说再见，我忽然有一些舍不得。

就在这时，安又发来消息，他说：“有一些话，我一直想跟你说，你愿意听吗？”

我的心一点一点地提起来，内心里隐隐产生一些顾虑，我怕安会说一些不该说的话。

还好，他没有。

他说：“小鱼，开学以后，每天上网不要上到太晚啊，不然第二天上课会吃不消的。”

“嗯。”

“快点长大吧，”安接着说，“你这么聪明的小姑娘，一定会有最美好的前程。”

“嗯嗯。”

“你可别嫌我话多啊！”安继续发着信息，而我呢，不着急回复，就坐在那里，静静地看着他发来的话，他说，“我希望你好好的，尽管你不愿我做你大哥，但是，我也想告诉你，在我心里，我一直都把你当妹妹。”

“嗯嗯嗯。”

“还有就是，这个聊天室就送给你了。真的，谢谢你陪我走过了生命中最黑暗的日子，亲爱的小鱼。”安突然变得很抒情。

“不用客气啊。”我被安搞得有些情绪化，但我说过的嘛，我更擅于纸上谈兵，我以不带任何情绪的字眼祝福他，我说：“我要祝你工作顺利。”

再然后，屏幕上传来一连串的数字 8。

88888888888888888888888888888888。

我当然知道这意味着什么，这是安在跟我道再见。安曾经跟我说过，如果有天我们要道别，那么数字 8 就是他的背影。

而我此刻，呆坐在电脑前，看着他的背影，眼泪潸然而下。

006

安去就职以后，我很少出现在网络上，也开始不那么喜欢跟人聊天了。偶尔，我还是会去那个聊天室，毫无目的地待着，发一些自己的手绘，也会给自己“倒”一杯茶。

我又拿起了高中的课本，决心将丢掉的学业重新拾起。

因为安曾经说过，只要生命还在，就可以燃烧热情。

只是，关于我，至少有两件事，我一直没有告诉过安。

第一件，我也叫安。

第二件，我根本不能跳舞。

十四岁那年，一场车祸，让我永远失去了双腿。

人字的结构，是相互支撑

我们也是如此 /

相互支撑，依赖着长大和生存

只要愿意，谁都可以给谁幸福

About G

Need You Now

005 谁可以给谁幸福

001

我和叶天宇，是在一个非常戏剧化的情境下重遇的。

那是秋天的一个黄昏，天空飘着若有若无的微雨，落在皮肤上时能感到一阵沁凉，而风，正肆无忌惮地钻进我的脖子。

出完那期该死的板报，我独自穿过学校外面的小广场，正准备搭乘公共汽车回家。谁料，才走到广场边上，两个身着黑衣的男生挡住了我，容不得我多想，紧接着，一把淡红色刀柄的小刀便抵到我胸前。

一个男生低哑着声音命令道：“麻烦你，把兜里所有的钱都掏出来！”

这是我平生第一次遭遇打劫。

我抬起头来看向对方，内心的惊喜却压过了应有的恐惧。

因为，我看到的，是一张熟悉得不能再熟悉的脸，一张在我记忆里翻来覆去出现过无数次的脸。

虽说，这张脸如今看上去要显得更加成熟，更加轮廓分明。

可我敢保证，他就是叶天宇！

“快点！”另一个男生开始不耐烦地催促我。

我默默地翻开书包，拿出这个月剩下的所有零花钱，差不多有五十多块，一起交到他的手里。他看也不看，伸出手来一把抓住转身就要离开。

可谁也没想到，就在此时，广场周围忽然冒出来好几个便衣警察，几乎只是瞬间，他们就抓住了叶天宇和他的同伙。

我发出一声低低的尖叫，然后便看到我们学校才上任的年轻的副校长，他朝我走了过来，对其中一个警察说：“还好，守株待兔这么久，总算有了结果。”接着，他又转身问我：“同学，你是哪个班的？被抢了多少钱？被抢过多少次？”

我看着叶天宇，一个警察正粗暴地掰过他的脸来，想要把他看清楚。而他看上去好像并不害怕，脸上的表情是冷而不屑的，一如当年。

“说话啊，不用怕。”校长提醒我。

“可是……”忽然间，我下定了决心，结结巴巴地回道，“可是……他，他们没抢我的钱。”

话音一落，在场的所有的人都大吃一惊。

而校长，则直直地看着我，一副“你是不是被吓傻了”的滑稽表情。

“真的，校长，我们认识的。”我继续说道，“他们跟我借钱而已。”

“那这把刀是怎么回事？”一个警察问我，手里正拿着刚从叶天宇手中夺下来的那把小刀。

“刀？”叶天宇冷笑着说，“削水果都嫌钝！你们觉得我能拿它来做什么？”

“老实点！还轮不到你说话！”说着，警察就往他头上猛地一敲，接着又将目光转向我，很严肃地对我说，“小姑娘，你可不能撒谎啊！你得明白，这可关系到你们全校师生的安全。而且，你可能不知道，就为他们俩，我们在这里已经守了三天了！”

“守三天也不能乱抓人啊。”我镇定下来，“我们真的认识，他叫叶天宇。不信的话，你们可以查。”

我瞥见叶天宇的脸上闪过一丝震惊的表情，很显然，他大概是不认得我了。

担心警察不相信我的说辞，于是我又赶紧补充道：“我没有撒谎，我妈是他干妈，我们俩打小一起长大的。”

叶天宇的同伙听我这么说立刻来了劲：“快点放开我！我说你们有没有天理啊？难不成，跟自己妹妹借钱也要被抓吗？”

说话间，警察已经从叶天宇的身上搜出了一张学生证，他在黄昏的光线里费力地看了看，然后有些无可奈何地对周围的人说：“是，他叫叶天宇，五中高三的学生。”

校长微微一愣，继而看着我，问：“你是哪个班的，叫什么名字？”

“苏莞尔，高一（2）班。”我急切地说，“校长，请你们相信我，我说的都是真的。如果你们要是还有疑心的话，大可以打电话问我班主任，或者给我妈妈打电话也行，你们就问她认不认得叶天宇！”

我的心跳得飞快，上帝作证，这可是我十六年来，第一次这样面不改色地撒谎！

校长踱着步子走到一旁，摸出了手机开始打电话。

好一会儿，他挂断电话，走到我身边，问：“苏莞尔，高一（2）班的宣传委员？没错吧？”

我点点头。

“你确定，你没有撒谎？”校长严肃地说，“学校最近被一个抢劫团伙弄得相当头疼，我想你应该有所耳闻。”

“校长，我确定肯定没有撒谎，一定是误会了。”我不擅撒谎，这仅有的一次，还是为了叶天宇。

我强装镇定地说：“事情没你们想的那么复杂，我们就是恰好在这里偶遇，他提出要跟我借钱，就是这么简单。”

校长若有所思地点了点头，走到那帮警察面前，几个人商量了很长的时间后，最终决定放人。

我暗自庆幸，心却跳得更快了。

而叶天宇呢，伸出手将我一拉，说："走吧！你妈还等着你回家吃饭呢。"说完，他拉着我拔足狂奔，一口气就跑出了小广场，一直到了公共汽车的站牌下面才停了下来。

而叶天宇的那位同伙也跟上来了，拍拍胸脯说："老叶，原来你在重点中学也有相好的啊，刮目相看，刮目相看！"

"胡说什么呢！"叶天宇板着一张脸说，"猪豆，你先走，我还有点事。"

那个叫猪豆的男生朝他摆摆手，知趣地走了。

叶天宇靠在广告牌上，从口袋里摸出一根烟来，熟稔地用打火机点燃。他吸了一口后，含糊不清地问我："你真的是莞尔，苏莞尔？"

"还能有假？拜托！这些年来，我们全家可是一直都在找你。"我激动地说，"甚至还在报纸上登过寻人启事呢！"

"拜托！"他听后，哈哈一笑，反问，"你觉得，我像是那种看报纸的人吗？"

"你以前的邻居说，你和你叔叔一家搬到北方去了。不然，我妈一定会继续找下去的，直到找到你为止。"对于他的反问，我不予回答，而是继续自说自话。

“哈哈，是吗？”叶天宇说，“就那个一脸麻子的胖女人，对吗？我当年差点把她家的阁楼烧掉！她不胡说八道才怪呢！”

“我妈很挂念你，无时无刻不在念叨你。叶天宇，你跟我回家看看她吧，好不好？”我近乎是以请求的语气说出这些，“你真的不知道，如果她看到你会有多开心。”

“不去了！”他将烟头掐灭，轻轻一弹飞得老远，说，“无论如何，谢谢你今天救了我。说真的，你丫比小时候漂亮多了，好像也变得聪明多了。”

说完，他朝我挥了一下手，转身大步走了。

“叶天宇！”我冲上去喊住他。

“喂！”他回头，不耐烦地说，“别缠着我啊，不然我会翻脸的。”说完，他想了想，从口袋里掏出那五十几块钱直接塞到了我手里。

“你拿去用吧。”我低着头说，“以后别去抢了。”

他并未收下，而是拉着我的手，把钱放到了我的手心里，认真说道：“记住，今天的事儿你就当没有发生。待会儿你回家后，也千万别跟你妈说起见过我，不然，小心我揍你！”

我看着他扬长而去的背影，心里酸酸的，在未能得见的这么些年，他愈发高大挺拔了。

整个晚上，我都在想叶天宇。

想他用刀尖抵着我时的情景，想他这么多年来都没有变过的冷漠和孤独的神情，想他现在怎么会变得这么的糟糕，一颗心就被这些乱七八糟的东西填满，又为着这些而疼痛。

我想，我确实应该暂时对妈妈隐瞒这件事，倒也不是真怕叶天宇揍我，我只是不想妈妈知道这些后，为此而更加伤心。

但有一点我非常清楚，我今天这么做，是应该的。

我应该救叶天宇，根本不用怀疑。

002

认识叶天宇的时候，我只有五岁，他七岁。

五岁的某一天，爸爸把我从幼儿园接回家，中途到一家小店买烟。

我独自跑到马路上去捡一个别人废弃的花皮球，以至于根本就没有看到迎面而来的那辆大卡车。

万幸的是，凑巧被一位路过的阿姨看到了。随后，她想都没想，不顾一切地奔了过来，狠狠推了我一把，硬是将我从死神的手里活生生地拉了回来。

而她的腿却因此受伤，差不多在医院住了半个月才出院。

那个救我的阿姨，就是叶天宇的妈妈，我叫她张阿姨。

张阿姨出院后，为表示感谢，爸妈特地请他们全家到家里做客。

那是我第一次看到叶天宇。

叶天宇从小就显得成熟，穿着大皮靴，拿着一把枪很神气地在我家的地板上耀武扬威地走来走去。

熟悉了之后，他开始教我叠纸飞机，我们在阳台上把叠好的飞机一只只往下飞。

玩兴正浓的时候，他忽然把我往后面猛地一推说：“你往后站一些，万一掉下去了可不得了！”

“那你怎么不往后站？”我不服气地问。

“我是男的，怕什么！”他振振有词，被坐在客厅正闲聊的四个大人听到后，全都笑了个半死，纷纷夸他，小小年纪就有男子汉气概。

不过，他也有很凶的时候，比如说，他把我心爱的芭比娃娃扔到了垃圾堆里。而我也只能等他走了，才敢把娃娃从垃圾堆里捡出来，一边流泪一边清理上面的污秽物。

妈妈把我抱到怀里，安慰道：“莞尔，你可别生天宇的气，知道吗？要不是张阿姨，你早就没命了。做人要懂得知恩图报，知道了吗？”

我似懂非懂地点点头。

没过多久，妈妈就收天宇做了干儿子。

张阿姨高兴得要命，说她家世代都是工人，这样一来，天宇也算是半只脚踏进知识分子的家庭了。

身为干妈，妈妈是真的很疼天宇。

平常，无论妈妈给我买任何好吃的还是好玩的，都不忘给天宇备上一份。而每逢周末，妈妈都会把他接到家里来，耐心地为他补习功课。

叶天宇也很喜欢我妈妈，他俩曾经拍过一张照片，两人搂着，看上去比亲母子还要亲热。

不过，我并没有为此而感到心理不平衡。相反的是，我还挺喜欢和他一起玩。

上小学的时候，我和天宇在一所学校就读。

有一天，放学后，学校的操场上，一个男生调皮地扯着我的辫子就是猛地一拽，刹那间，我疼得满眼都是泪水。

这一切，被叶天宇看到了。

很快，他就像只小豹子一样地冲了上去，把那个男生压在地上压得喘不过气。直到他连连求饶向我道歉，叶天宇才放过了他。

自此之后，任谁也不敢再欺负我。

同班的女生们都羡慕我有一个可以替我出头的哥哥。

我和叶天宇确实亲密不假，但实际上，我和叶天宇之间有时候也没什么话好讲。特别是在学校，他见了我最喜欢说的一句话就是：“小丫头，一边去！”

天宇的爸爸，也就是叶伯伯，是个很和气的人。

叶伯伯相当疼爱天宇。

很多个周末，我都看到他在小区的广场上陪天宇打羽毛球。两人打累了后，叶伯伯总会去为他买来一支雪糕，再耐心地替他剥掉雪糕上的那层纸。

如果那时候，恰巧我走过去了，叶天宇总会把雪糕往我手里一塞，说："你来得正好！这东西腻死了，你替我吃掉它！"

而尚且年少的我，自然不会知道，那是叶天宇的套路。他哪里是不爱吃雪糕，分明是将最好的东西分享给我。

我呢，往往会毫不客气地从他手中接过，坐在广场的长椅上，大口大口地吃着雪糕，顺便扮演起拉拉队的角色。

只可惜，上天没眼。

天宇十一岁那年，叶伯伯死于一次工伤。

听说，一整堵墙倒了下来，把叶伯伯压了个血肉模糊。

叶伯伯下葬的那天我也去了，张阿姨在葬礼上哭得死去活来，而小小的天宇，却没有掉一滴眼泪。他抱臂坐在一角，身后的墙是灰黑色的。我始终记得他脸上的表情，是一种近乎骄傲的倔强的坚持。

那是天宇留在我脑海里的最深刻的形象。

后来，很多次只要我一想起他，脑海中都会浮现这样的一组画面。

阴蓝色的天空，张阿姨凄厉而绝望的哭声，紧咬嘴唇沉默不语的失去父亲的孤单少年。

叶伯伯走后，天宇家的日子艰难了许多。

张阿姨为了能更好地供养天宇，除了平时的工作之外，还找了一份兼职。每天早上四点钟，别人还在沉睡时，张阿姨已经起床了，她推着车子在小区里穿梭，挨家挨户送牛奶。

爸妈心疼天宇，也心疼张阿姨，每次去天宇家探望时，总会偷摸地塞上一些钱，而每一次，都被张阿姨原封不动地退了回来。

妈妈被张阿姨的善良和坚强打动，便放弃了接济他们母子的举措，而是换了一种方式，更加疼爱天宇了。

妈妈担心天宇在学校食堂吃不好，于是，每天中午妈妈都会让他到我家来吃饭。往往，只要天宇出现，饭桌上总会出现他最喜欢吃的糖醋排骨。

夏天的中午，总是炎热而又漫长，从我们家客厅的窗户看出去，天空单调得一塌糊涂，只有一朵看上去又大又呆的云。

天宇不喜欢做功课的时候，总喜欢趴在桌上玩一本游戏书。

那本书里面全是密密的迷宫地图，要费很大的精力才可以找得到出口。

跟他不同，每次只要看上那些迷宫地图一眼，我就会觉得头疼。

而天宇却乐此不疲，他总会对我说：“你看，其实不管这些迷宫设计得有多难，但最终一定能找到出口。”

我不理他，埋下头继续认真做作业。

有一天，体育课后，我经过学校的小卖部的时候，看到很多同学都围着小卖部的阿姨面前买冰水，天宇也在其中。再然后，我便亲眼看到他混在人群中，趁着阿姨无暇顾及的时候，偷偷拿起两瓶水后就直接跑掉了。

我没忍住，把这件事告诉了妈妈，妈妈听后也没多说什么。

只是，从第二天起，妈妈开始给天宇零花钱，而且妈妈每个月给他的钱比给我的要多得多。不过，这些事情，张阿姨一直都不知道。

可惜的是，天宇并没有因此而改邪归正，反而愈发变本加厉了。

终于，他的这一行为，还是不能幸免地被张阿姨知道了。

我一直都记得，那是一个周末。

小舅从新疆旅行结束，带回来了很多新鲜的马乳葡萄。

妈妈特地挑选了一大盒，带着我去张阿姨家。

谁知道，我和妈妈刚走到门口，就看到张阿姨正拎着一根皮带追着天宇打，一边打一边流着泪骂：“小小年纪你就偷东西！看我不打断你的腿！你真是不争气啊！”

天宇被张阿姨打得满屋子乱窜，像只尾巴着了火的猴子。

妈妈看到这一幕后，心疼极了，尖叫一声就朝着天宇扑了过去，想要拦住张阿姨。可还没等她抱住天宇，就见张阿姨扑通一声便倒在了地上。

一时之间，我们三人都慌了神，匆忙将张阿姨送到了医院。

负责的诊治医生对张阿姨进行了全面的检查，这期间，我们三人坐在走廊里，空气里满是消毒水的气味。

许久，诊治医生才走了出来，遗憾地说："结果出来了，胃癌，晚期。"

就这样，短短一年的时间，天宇先后失去了双亲。

在我的记忆里，那是一个相当冷的冬天。

在医院长长的充满消毒水气味的走廊里，我看到天宇用拳头紧紧地堵住了嘴巴，低声呜咽着，像只被困住的小兽。

我的心，忽然就尖锐地疼了起来，眼泪也跟着掉落下来。

妈妈一把搂住天宇，轻抚着他的背，而爸爸，则飞快地抱走了我。

那是我孩提时代最后一次见到天宇。

癌症晚期，癌细胞扩散飞快，治疗无用。

张阿姨未留给天宇太多的时间，自确诊后没过多久，她便带着满腹的遗憾离世了。

张阿姨离世后，天宇住到了他唯一的亲戚，也就是他叔叔家。

再接着，天宇转学了，不再与我同校。

还有就是，他父母留下的房子，也很快就被天宇的叔叔卖掉了。

也不知道是因为什么，天宇的叔叔并不喜欢我们和天宇有所往来。通常，妈妈打电话过去想要了解天宇的消息时，总没有人接电话。

就这样，很长一段时间，我们都没有天宇的任何消息。

天宇十二岁生日那年，爸妈带着提前准备好的礼物，我们三人找到了他叔叔家，打算探望一下天宇。

可是，等我们到达时，却被邻居告知，他们已经搬走了。

那个女邻居神神道道："说到底，还不是因为他领养了自己姐姐的小孩？不是我说闲话，那个小孩啊，就跟个扫把星似的！克死自己父母就算了，如今又让他叔叔的生意一落千丈！要我说，这种人就不能沾，谁沾上他都要倒霉。"

"他们到底搬到哪里了？"妈妈直接忽视了女人的话，而是不死心地问，"一点儿消息也没透露吗？"

"好像是东北吧，挺偏的一个地方，记不清楚了。"女人一脸的雀斑，看上去可恶极了，说完这话，她就砰一声关上了门，任凭妈妈如何敲门，她都不再理我们了。

SHARON WORKS

两手空空正是好时候

Girl's Mind

SHARON
WORKS

Sharon Works
Youth Growth Series

003

那晚，妈妈哭了很久。

之后的很长一段时间，她总是陷入自责的情绪里，她总觉得，是她这个干妈没尽到责任。她总念叨着，也不知道天宇过得好还是不好，若是过得不好的话张阿姨在天之灵也会不安的。

每每此时，爸爸都会搂着她的双肩，安慰她：“放心吧，我想天宇应该过得还不赖。而咱们跟天宇呀，一定会有再见面的那天的。你忘了？天宇这孩子其实挺重感情的，他肯定不会忘记你这个干妈的。再说，就算往坏了想，真没人管了，也许天宇会更懂事呢。”

当时，我觉得老爸说的话还挺有道理的。只是，没想到这一别，就是整整六年。

我也不知道为什么，这六年，我总是会想起他。

一个人走过学校的操场时，会想起他；趴在大大的饭桌上写作业时，会想起他。于我而言，他就像是儿时曾聆听过的一首歌，不管喜欢与否，那熟悉的旋律想忘也忘不掉。

如今，我已经十六岁，他十八岁。

对于过去，他会记得多少，我并没有太多的把握。

不过，谢天谢地，他还记得苏莞尔。

这让我心里多少有些庆幸。

003

我跟鱼丁说起昨晚的事情，她听后乐不可支地说：“苏莞尔美人救英雄？早知道有这么精彩的故事，我昨天说什么也应该等着你，不该自己先走的呀。”

“可是，”我愁眉苦脸地说，“我想，我应该告诉我妈见到叶天宇了。只是，我很怕我妈知道他现在是这个样子，难免又是伤心一片。而且，也不知道怎么回事，我妈现在的生理和心理都特脆弱，医生还说什么她心脏不好。你都不知道，有一次我小考没考好，她就跟我嚷嚷着头发又白了几百根。”

“嗐，女人嘛，更年期都是这样的，习惯就好。”鱼丁笑嘻嘻看我一眼，又道，“说不好，等你到了更年期的时候，比你妈更夸张呢。”

“郁闷。”我说，“真想当作没见过他。”

“有什么好郁闷的？”鱼丁安慰我，“你呀，不要想那么多了。也许，他没你想象的那么糟糕呢。”

“胡扯！都拦路抢劫了，还能好到哪里去？”一想到那天的事情，我没忍住又叹了口气。

“是，天天念叨的竹马和自己记忆中的不一样了，是挺失望的。我理解你。”鱼丁这个人蔫儿坏，故意说些我不爱听的话。

而我此刻并没有心情和她斗嘴，而是把头埋在她肩膀上，沉默不语。

“好了好了，别伤心啦！”鱼丁说，“我觉得，你应该再去找他谈谈，说服他去见你妈。再说了，你干吗唉声叹气的，我跟你说，其实啊，在这个世界上，没有谁愿意做坏人的，我想，叶天宇一定有自己的苦衷。”

“这样能行吗？”我说，“可是，我就怕即便找到他，他不会理我。”

“行不行不得试试吗？！”鱼丁鼓励我，“你都不去试，你怎么知道他会不理你？”

在鱼丁的鼓励下，我终于下定决心去见见叶天宇。

我记得那天，警察拿着他的胸卡，说他的确在五中就读高三。

五中在长江边上，毫不夸张地说，五中是全市公认的最差的中学，更有人戏称它是“五毒中学”，意思就是：五中的学生，五毒俱全，各种坏事样样皆能。

五中位置偏僻，隶属城郊结合部，需要转好几路公交车才能抵达。

我一个人自然不敢去，还好，有仗义的鱼丁陪我。

鱼丁这人，是真的仗义。

周三下午，自习课的时候，鱼丁按照我们提前商讨好的计策，老师刚走进教室没多会儿，她就开始装肚子疼，发出痛苦的哼哼声简直可以说是绕梁不绝。

果然，班主任忍无可忍地说："苏莞尔，你送她先回家吧。"

我努力憋住脸上的笑容，走上前去，将她扶了起来就往门外走去。

真是老天保佑，一切都如意料中那样顺利！

刚出了校门，鱼丁就把腰直了起来，幽怨地说："好像真是有些疼呢。人说装结巴就会成真结巴，看来，装肚子疼，肚子也是真的会疼！"

"少贫了，不就是想让我夸你演技好吗？"我太了解鱼丁，自然知道如何应对，我说，"看来，当初决定安排你来出演肚子疼，是最正确的决定。"

"嗐，哪儿是我演技好呀！根本就是咱们班主任太实在，她肯定想不到，在她眼里一向忠厚老实的鱼丁同志，居然也会搞这种小把戏！"她得意扬扬地昂着头，"既然我演技这么好，你说，待会儿见了叶天宇，我演什么角色比较好？要不这样，我换身男装，假装是你男朋友？”

“无聊。”我啐她。

等我和鱼丁终于抵达时，五中也正好放学了。

我牵着鱼丁的手，和她一起在校门口的马路对面焦急等待着。

鱼丁看了我一眼，同情地说：“喂！你有没有想好啊，待会儿见到他了，你要跟他说些什么？”

“没有。”我从实招来，只觉得愈发紧张。

“看来，有些人近情情怯呀。”这个鱼丁，一逮住机会就变本加厉地讽刺我。

就在这时，我在人群中看到了叶天宇。

他背着个松松垮垮的大书包，和几个男生女生走出校门，正在过马路。

叶天宇的手里夹着一根香烟，他的手搭在其中一个女生的肩膀上，轻佻地将嘴里的那口烟猛地吐到了女生的脸上，而那女生则肆无忌惮地尖叫了一声，伸出手来直接在叶天宇的脸上打了一巴掌。

叶天宇并不生气，而是开始和她你追我赶起来。

叶天宇腿长，毫不费力就追上了那女生，他一把拽住那女生的长发，恶狠狠地说：“胆儿肥了啊，你再打我一下试试？”

再然后，他便看到了我和鱼丁。

他的脸上飞快地闪过一丝讶异，然后松开了手，将那个女生推到了一旁。他朝着我和鱼丁走了过来，站定后，他冷冷地问：“你怎么会在这里？”

“哟？天中的？”女生看着我别在胸前的校徽，酸溜溜地说。

“去去去，一边儿去！”叶天宇不耐烦地推了女生一把，转头又凶我，“没事儿少来这里！更不要在这里浪费时间，听见没有？还不快点回家做你的功课去！”

“挺有兄长样的嘛。”鱼丁插嘴，“难怪我们家莞尔会对你念念不忘。”

“你是谁？”叶天宇皱着眉头看向鱼丁。

“莞尔的保镖。”鱼丁将眉一挑，道，“谁要是敢欺负她，我可第一个不答应。”

“是吗？”叶天宇挑挑眉再抱抱拳，“那你保护好她，在下先走一步！”说完，叶天宇一把搂住候在一旁的女生的腰，迈着夸张的步伐摇摇晃晃地向前走去。

“叶天宇，”我追上去，大声说，“下周六是我妈生日。”

“关我什么事？你再烦我，我就把你丢到长江里！”

“你再凶莞尔，我先把你丢进长江里！”说着，鱼丁双手叉腰，往我面前一挡。

“挺凶嘛，小妞。这样吧，要不，你先把我丢进去再说。”我闻声看去，这才发现，说话的，是那天和叶天宇一起抢我钱的那个叫猪豆的家伙。

说完这些，他竟然对着我挤眉弄眼了起来。

鱼丁并没搭理他，而是轻轻地一伸手一抬脚，就见猪豆已然躺倒在地上。

差点忘了，鱼丁三岁习武，曾拿过全国武术比赛的亚军，一身本领可不是吹的。

只可惜，躺地上的小子并不识相，倒地没多久后，就不服输地“腾”地跃了起来，手里还多出了一把小刀。

我见过那把刀，几天前它曾贴着我的胸口。

鱼丁轻哼一声，又是一个抬腿，我还没看仔细，那小子已经抱着手上蹿下跳嗷嗷乱叫起来，握在手里的小刀也跟着飞了出去。不明真相的围观人群见此情景，忍不住开始喝彩起来。

“不错啊，小妞。”这时，好几个男生挤了过来，挑衅地说，“这么厉害，跟我们再比试比试？”

我见势不妙，赶紧凑到鱼丁耳边说：“行了，别卖弄了，办正事要紧。”

“你！”鱼丁了然地点了点头，将下巴一抬，直直地看着叶天宇，说：“跟我们走一趟！”

“Yes，Madam（是，女士）！”叶天宇两手轻轻一拍，做了个作揖的姿势，接着就是将长臂一伸，一边一个搂住了我和鱼丁。

我当时就羞红了脸，而鱼丁也没好到哪里去，像是被点着了的爆竹，一下飞出老远去，一边跑一边回头说：“你俩聊，我就在公交车站那等着你们！”

我跟着叶天宇走在路上，随后两个人一起上了车。

这时正是下班高峰，车厢里人很多，好不容易等到一个座位，叶天宇示意我坐上去。

鱼丁撇撇嘴，不满地说：“别忘了，我也是女士。”

“你？”叶天宇说，“还真没看出来。”

我没忍住，偷笑起来。

这是叶天宇在车上唯一说的一句话。

下车后，鱼丁提议道：“不如我们去喝咖啡吧，我知道一家，可以无限量续杯，还送小礼物！你们两兄妹失散多年，得好好叙叙旧！”

都什么用词！我用胳膊撞了她一下。

“别！那种洋玩意儿，我可享受不来。”叶天宇看了我一眼，说：“快回家吧。记住了，以后再也不许到学校来找我。”

“为什么？”我不解。

“那不是你们该来的地方。”他耸耸肩，回道。

“什么该来不该来的！”鱼丁白了他一眼，不屑地说，“一直听说五中的学生最生猛，今天一见，不过如此嘛！”

“呵！就你那身子骨，如果是十个男生扑上来，你觉得自己这条小命够用？”叶天宇看了一眼鱼丁，道，“下次要耍功夫，你就自己去，可别拉上莞尔。实不相瞒，今天要不是我把你们俩拉走，事情还不知道会发展到什么地步！你们俩心还挺大！”

“嘿嘿。”鱼丁笑了一下，转头对我说，“看来，你这个竹马还是挺关心你的嘛。”

“叶天宇，我想跟你聊聊。十分钟就可以了。”我近乎是请求的语气。

“有什么好聊的？过去的事儿，我全都忘了。赶紧回家吧，我劝你别自讨没趣了！”叶天宇这个人，真是翻脸比翻书还快，说完转身就离开了，只是瞬间，他的背影就消失在人潮汹涌的十字街头。

而我站在原地，大脑一片空白。

鱼丁见状，将我一搂，说：“算了算了，要我说啊，莞尔，有时候真的是，相见不如怀念，跟这种人有什么好说的。”

我心情沉闷地回了家。

此时，天已经完全黑了。

我刚踏上第一级楼梯，就不小心扭了脚，整个人差点摔倒在地。

我小心地蹲下，轻轻搓揉着受伤的脚踝，忍了许久的眼泪，终于在这一刻喷涌而出。

004

走进家门时，老妈正在打扫卫生。

而我刚扭了那一下，脚踝仍疼得厉害。我顺手放下书包，走到沙发前，躺了下去。

老妈忙着用抹布擦橱窗，丝毫没有发现我的异样。

再然后，她忽然便站在橱窗前愣住了。

只见她打开橱窗的玻璃门，将那个相框取了出来。原木相框里夹着的照片，是叶天宇和她的合影，微微有些泛黄。她拿着抹布轻轻擦了又擦，念叨起来："天宇啊，如果干妈没记错的话，你今年该读高三了吧？也不知道你成绩怎么样，还有，你妈在世的时候，一直都盼着你以后学医……"

"好啦，妈！"一想到叶天宇刚才的无情，我就没好气，忍不住打断她，"各人有各人的福气，你替他操什么心！"

"你这丫头，你听听自己说的什么话！"老妈被我气得头发都快飞起来了，厉声斥责道，"你也不想想！当年，要不是你张阿姨伸手推了你一把！你觉得，自己现在还能有机会舒舒服服地坐在这儿说这些风凉话？！只怕，小命早没了！再投胎都十一二岁了！”

“得，您当我没说。”我实在担心自己会忍不住说漏了嘴，赶忙起身回了自己房间。

老妈也真是的，她怎么会知道，那个整天被她放在心尖上的叶天宇，根本都不愿意见她这个干妈！她倒好，沉浸在自责的情绪里无法自拔，还盼着能再见到他以爱弥补。

如果我告诉她自己已经见过叶天宇了，再将叶天宇的反应转述一下，我估计她一定会被气晕过去。想来想去，可我到底不敢将这件事告诉妈妈，又或许是因为我还没有想好，到底应该怎么跟她说。

就在这时，老妈砰一下撞开我的门，没好气地说：“拜托，你也把自己的窝收拾一下！人家都说狗窝狗窝，我看你这儿连狗都不愿意来住！赶快收拾，收拾好才准吃饭！”

我放眼一看，房间不是挺干净的嘛，根本没有她说的那么严重。

不过，我一向听话，她让我收拾，那就收拾呗。

更何况，现在正是她心情不好的时候，我还是乖一点才算识相。

不过，要说乱呢，其实我的房间也就书架看上去乱一些。

我走到书架前，心里想着，刚好有些书早就不想要了，正好这会儿把它们整理出来丢到小阁楼去好了。

我一边收拾，一边听着张学友的新歌，心情也跟着好了许多。

我一直都很喜欢张学友。

那天，我和鱼丁一起看完了他的新电影，《男人四十》，他在里面出演教师的角色。就着电影的剧情，我和鱼丁展开了激烈的讨论，浅薄地争辩所谓爱情究竟应是何种模样。

就是在这样的情境下，一本许久未曾翻过的书映入了我的眼帘。

我将它捧在手中，这本书对我而言，陌生又熟悉。

陌生，是因为，多年来，我从未翻阅过它；熟悉，是因为，它是叶天宇从前最爱的那本游戏书——《迷宫地图》。

心情忽然就沉了一些，我翻开书，这才发现，有很多页都被叶天宇用红笔做了标记。而那些弯弯扭扭的线，轻易就让我回忆起当年他趴在桌子上玩游戏时固执的傻样。

一时之间，我有些心烦意乱，随手把书扔进纸袋里。

这个该死的叶天宇！让他见鬼去吧！

我曾听说，人与人之间的缘分，也是有期限的。

如果真如此，那么，我和叶天宇之间的缘分值，可能自张阿姨离世的那个冬夜，就变为零了。

那些所谓青梅竹马的记忆，不过是我成长时依赖的一份温暖的错觉。

它晦涩不已，更不能作数。

算了，就这样忘了吧。

然而，事情并不如我所想的那么简单。

第二天，下午的最后一节课，我正忙着记笔记时，就见班主任出现在教室门外，再然后，班主任将我叫了出去，带着我一路去了校长办公室。

年轻副校长铁青着脸，见到我时，将两张纸用力往桌上一扔，厉声道："说！你那天为什么要撒谎？"

我低下头一语不发。

"现在，我再给你个将功补过的机会。"校长看了我一眼，缓缓说道，"叶天宇昨天在百乐门迪斯科广场伤了人，现在正在潜逃。如果你知道他在哪里的话，你就告诉我，我便不记你上次的过。"

"伤人？"我惊讶地抬起头来，不可置信地望着校长。

"对，伤人。昨晚六点半，他们在百乐门聚众斗殴，叶天宇一把刀插到了对方的腹部里。警察赶到的时候，认出了那把刀，就是上次叶天宇手里拿着的那把，你还有印象吧？”

我当然有印象，可我此刻大脑轰轰乱响，险些有点站不稳。

六点半……我仔细地回忆着。

昨晚我到家的时候，正好是六点半。等我收拾好房间吃晚饭的时候，电视里新闻联播刚刚开始播放。

也就是说，昨天叶天宇和我们分开后，就去了百乐门？再然后……他就出事了？

天啊！

“你还是不说，是吧？我们已经考虑过了，这次，必须通知你父母。”校长冷冰冰地说，“还有，你最好说清楚，你和这个叶天宇到底是什么关系！”

陪我站在一旁的班主任见状，赶忙说道：“是这样，校长。我跟她家里打过电话了，她爸妈都不在家，电话没有人接。”

“接着打！直到打通为止！”校长生气地说，“咱们学校可是重点中学！警察都说了，要不是因为我校学生上次的撒谎和包庇，那么，昨天的事情也就根本不会发生。你知道吗？被捅的，是一个才刚刚十七岁的中学生啊！现在人就躺在医院里。苏莞尔同学，你回去好好反思一下，你这样到底对不对！”

我虚虚晃晃地回了教室。

鱼丁迎上来，问我：“莞尔？你这是怎么了，脸色这么难看。”

“叶天宇出事了。”我有气无力地说，“就昨天，和我们分开后，他在百乐门跟人打架，捅伤了人。”

“啊？！”鱼丁尖叫了起来，急切地问，“连累到你了吗？”

“鱼丁，倘若他真的连累到我的话，我倒也不怕。只是，我听说他畏罪潜逃了，也不知道他逃到哪里去了。”

“你还在担心他？”鱼丁说，“是谁早上让我从此不要再提这个人的？”

“别开玩笑了，鱼丁，我心里乱得很。”我扶额，重复道，“鱼丁，我这会儿真的乱得很。”

“我理解。”鱼丁收起那张似笑非笑的脸，握住我的手，说，“放心吧，不管怎样，一切都会过去的。”

放学后，我第一时间就急急地冲回了家。

也不知道学校是否已经将消息告知爸妈，虽说我确定爸妈肯定会站在我这边，但我还是应该给他们一个解释。

上了楼，走到家门口的时候，就见一个人影闪了出来，紧接着，那人迅速伸出一只手拉住了我，而另一只手，则捂住了我的嘴巴。

“是我！快开门，进去再说！”

是叶天宇！

我顺从地开了门，把他带到房间里。

他一进来就径自走到冰箱前，一手拉开冰箱柜门，一手从里面摸出一瓶水，直接拧开瓶盖仰头喝了起来。

不得不说，虽说六年未见，他对我家的一切仍熟门熟路。

“喝完了？喝完了的话，就自首去吧。”我看着他，说，“警察正在到处找你。”

“你怎么知道？”很显然，他吓了一跳。

“这还用问吗？他们认得那把刀，也找过我了。”

“嘁！”叶天宇站起身来，看着我，问，“你有多少钱？借我跑路吧！我以后一定还你。”

“你还是去自首吧！跑什么路？”我也直视着他，一字一句地说道，“叶天宇！难道你就要这样东躲西藏一辈子？丝毫没有意识到自己错了？”

“小丫头片子，你懂什么？”他冷哼一声，“说吧，是借，还是不借？”

“我没钱，你真需要钱，就等我妈回来吧。”我说。

“也好。”他往沙发上一躺，说，“她一定会救我的。”

就这样，我们静静地坐在沙发上，相对无言。

天渐渐地暗了下来，我起身开了灯，一时间暖光盈满了整个房间。

忽然，叶天宇抬头看向我，脸上是我极少见的认真严肃的模样，他问我："莞尔，是不是我让你特别失望？"

"多少有点，但也不全是。"我走到橱窗前，将那个夹着他和妈妈合影的相框取出，我将照片正对着他，说，"你瞧，这张照片早泛黄了，可我妈每天都会擦擦。天宇，我是真的不明白，明明我妈对你那么好，可你到底为什么这么多年都不来找我们？"

叶天宇的嘴角浮起一丝嘲弄的笑："我是灾星啊，你忘了？谁遇到我，都会倒霉的。"

纵然别人如此议论他，但我从未认同过一星半点，什么灾星福星，根本就是一派胡言。我只知道，叶天宇，他与我没有血缘之亲，却是我此生不可或缺的家人。

"那你连想也没想过我们吗？"我又问。

"我从没想到，你们竟然还住这儿。"忽然，他想起什么似的，问我，"对了，你昨天扭了脚，好些没有？"

"你怎么知道我扭了脚？"我惊讶极了，"你跟踪我？"

"不是跟踪，是想看看你们是不是还住在这儿。"他淡淡地说，脸上带着一丝笑意。

等等……等等！

我的大脑飞速地转着。

如果那天我扭伤脚时，恰巧被叶天宇看到的话，也就意味着，六点半的时候，叶天宇正忙着跟踪我，所以他才看到我扭伤了脚。那么，他又怎么可能会在同一时间段出现在百乐门跟人打群架？

见我满脸疑惑，叶天宇开口道：“怎么？想什么呢？是不是觉得我比小时候帅多了？”

“你撒谎！”我激动地说，“那一刀不是你捅的，对不对！你撒谎！你昨晚根本就没有去百乐门！”

他的身子动了动，然后笑笑，说：“看来，我没说错，你真的是越来越聪明了。”

“既然事情不是你做的，那你为什么还要跑？”我一头雾水，实在不能理解。

“为什么？好吧，告诉你也无所谓。其实，人确实不是我捅的，是猪豆。你不知道，猪豆这个人平时胆子挺小的，但偏偏那小子竟然骂猪豆他妈。猪豆最不能忍的就是这个，于是冲动之下，一刀就捅过去了。我知道后都快要疯了！如果当时我也在场的话，就绝不会让猪豆干这种蠢事！不过，无所谓了，反正现在警察推断、怀疑的，都是我。那我干脆就认了算了，反正我无亲无故的，跑路也算不上什么。这样的话，猪豆就安全了。”叶天宇倒豆子一样将真相讲了出来，脸上带着不以为意的笑。

“为什么要替他顶罪？”我声音颤抖，几乎快要落泪，“叶天宇！你为什么那么傻？还有，你还有我们啊！你怎么会觉得自己无亲无故？”

“莞尔，十六岁那年，我就从我叔叔家搬了出来，自那个时候起，我就开始一个人生活了。你可能不知道，猪豆啊，是我唯一的朋友。要不是他，我可能早就退学了。而且，猪豆他妈真的是个好人，就跟你妈一样，对我好到没话说。我呢，爸妈走得早，一个人在这个世上，无牵无挂的，去哪儿待着都无所谓，反正都是一个人生活。可猪豆不行，猪豆是他妈这辈子最大的希望，要是他出了什么事，他妈也活不了。”说这些时，叶天宇的脸上露出了不易察觉的笑容，他似乎对自己的决定很满意，且没有半点后悔和犹疑的意思。

而我，站在原地，静静地听着。而那些自他口中所道出的一字一句，构成了全部的真相。它们轻飘飘地砸在我的身上，又倏忽间化作千斤重，让我觉得疼痛不已。

我忽然觉得很冷，接着，就开始浑身打起哆嗦来。

我问他：“那……就是说，你都想好了？你以后还会回来吗？”

“也许回来，也许不回来。”他看着我，轻轻一笑。

“不行！我不会让你走的！”我坚定地说，“我妈也不会让你走的！你不要逞强，好不好？凡事总有解决的办法的，你相信我，一定会有解决的办法的！”

叶天宇苦笑了一下，道：“莞尔，你自小语文成绩就很好，那，你肯定知道，什么叫走投无路吧？”

我没有说话，转身冲到小阁楼，在一堆杂乱的物品里翻找了很久，终于找到了那本他曾经钟爱的《迷宫地图》。

我拿着书下了阁楼，在他面前站定后，将书递给他：“你不会忘了吧？没关系，我记得。你曾经说过，即便被设计得再复杂，但一定会有一条路走得通。你看看，你忘记了吗？”

他颤抖着手接过那本书。

再然后，我看到他把脸轻轻地贴在了已经发黄的书页上。

就像一个孩子，用脸颊贴住了妈妈温柔的双手。

005

那晚，猪豆前往警察局投案自首。

还有，伤者的伤势并不严重，短短几日便已痊愈。

而爸妈多次与伤者家属会面促膝长谈，又诚恳道歉，最终争取到的结果是——伤者决定不追究猪豆的责任，放弃上诉的打算。

至于叶天宇，即便我妈万般劝说，可他还是没有搬到我家来住，他拒绝了妈妈为他添置的所有生活用品。

他只带走了一样东西，那本《迷宫地图》。

不过，那之后的每个周末，叶天宇都会到我家来，和我们小聚，一起用餐。自然，餐桌上总会出现那道糖醋排骨，而叶天宇，每次都会将它吃得干干净净。

至于鱼丁？她最近总爱说："莞尔，你真幸福！现在你大哥回来了，再也用不着我这个保镖了。"

我只笑笑，懒得纠正她。

不过，有一句话，鱼丁说的非常正确，我确实很幸福。

瞧，人字的结构就是这样，相互支撑。

而我们，也是如此，相互支撑，依赖着长大和生存，只要愿意，谁都可以给谁幸福。

你若问我从哪里得到这一结论？

我想，得从我五岁那年说起，打从街头走过的张阿姨毫不犹豫地伸手将我这个陌生人从死神手里抢回来的时候，我就应该明白这一点。

不是吗？

最美的歌 /

是为青春而唱

而每当歌唱时

宛如飞行

About G

006 木吉他的夏天

001

木天要到学校来了！

这一消息，韩眉眉是从贝欣那里听来的。

贝欣说：“这下好了，你终于可以一睹你偶像的风采了。”

韩眉眉说：“别瞎说，我不过是喜欢听他的节目而已，跟他这个人扯不上什么关系。”

虽然表现得毫不在意，但总的来说，韩眉眉的心里还是很高兴的。毕竟，听木天的节目已经有一年多的时间了，却连他长什么样还不知道呢。

其实不单单是韩眉眉，在这座城市里，喜欢木天节目的人很多。他在夜晚主持的节目里和人聊天，分享一些普通人的故事。

曾有记者在报纸上如此评价：都市日益繁华，是木天夜晚的节目为所有人留住了一片温馨的天空。

这一点，韩眉眉没多大体会。

毕竟，对于一个学生来说，即便到了夜晚，仍是与书本相伴。

若真要说内心感受，每当眉眉学习累了的时候，只要听一听木天主持的广播节目，就会让她放松下来，这也是为什么钟爱木天节目的原因。

听说，木天这次到学校，是为一年一度的校艺术节担任嘉宾。

贝欣喋喋不休，多少让韩眉眉有些不耐烦。

眉眉说："来就来呗，瞧你紧张成这个样子，至于吗？"

贝欣一把将她拉到一旁，小声说："能不紧张吗？学校让我和他一起主持开幕式呢！眉眉，说到主持，数你最有经验了，应该教教我才是。"

韩眉眉多少觉得有点吃惊。

马上就要高考了，校领导不止一次在大会上说，为保证每位高三学子高考不受影响，不赞成高三的学生参与此类活动。

如今怎么又改口了？

不过，见贝欣那副认真的模样，韩眉眉便也没再多想什么，随口道："像你以前那样去主持不就行了吗？而且，你主持活动向来不都挺好的吗？"

贝欣回道："可是，这一次是跟木天啊！"

"木天又怎么样？"韩眉眉眉头一皱，说，"还不都是人！"

002

贝欣早料到韩眉眉会不满。

起初，毕老师跟贝欣说这事时，贝欣就担心会节外生枝，于是便同毕老师说："老师，这个安排不太好，还是让眉眉来吧！毕竟她更有经验。如果眉眉不想的话，您就在别的年级找找，那个高二的叶玲，不是也很出色吗？"

可毕老师偏偏不同意，毕老师说："贝欣，学校特别重视这次活动，就连市领导到时候都会来！是校长点名要你来的。"

见贝欣面露难色，毕老师想了想，又说："其实，我也不是没考虑过眉眉。可你跟眉眉最要好，那你也应该清楚，眉眉的成绩远不如你稳定，所以我才决定把任务交给你。你呢，也不要多想，老师有自己的打算。到时候，我安排眉眉唱首歌不也一样？而且，唱歌不像主持，不需要做什么准备，这样就不会影响她的学习了。"

看来，毕老师心意已决，贝欣属实拗不过，这才勉强答应下来。

贝欣和韩眉眉，一度被称为校园里的两朵金花。

韩眉眉十四岁的时候，已经是小有名气的校园歌手了，不仅歌唱得好，人也出落得漂亮。

至于贝欣?

贝欣的成绩向来名列前茅，综合能力又极强。

这样两个优秀的女生，打从高一便结为好友，两人每日形影不离，轻易便成了引人注目的焦点。

进入高三后，二人都开始加倍用功读书，特别是韩眉眉。

不少人都觉得，韩眉眉憋足了劲儿，为得是能在高考时赶超贝欣。

也有人说，她们之间原本就没有什么所谓友谊，只不过是相互竞争时的幌子罢了。

作为当事人，她们都并不在意。

两人仍像以前一样交往，空闲时，照旧会就着喜欢的话题展开畅谈，比如——木天的节目。

有次，两人闲聊时，韩眉眉很自然地便同贝欣说起木天在节目里说过的一段话。

木天说，小时候，虽然每天都背着一个沉甸甸的大书包，但从不觉得辛苦，不管走在上学还是放学的路上，总习惯放声歌唱，而那种感觉，就像飞翔一样。只可惜，长大之后，好像再没有这个权利了，又或许，是因为总担心会被人笑话。

韩眉眉慨叹：“说得真好啊，那种飞一样的感觉，已经离开我很长一段时间了。”

贝欣一直都记得眉眉当时脸上的表情，柔和中带着一些伤感。

正因如此，贝欣才会本能地回绝毕老师的安排。

眉眉如此喜欢木天，能和木天一起主持节目，一定是她最想做的事吧?

既为知己，怎能夺爱?

但毕老师对此并不知情，又以成绩为由让贝欣接受自己的安排。

贝欣诚惶诚恐，心里想着：说不定，毕老师的这一安排，会让昔日的好友怨恨自己。

003

第二天，教室里，很多同学都听到了毕老师和韩眉眉的这段对话。

毕老师站在韩眉眉的座位前，说：“眉眉，你就随便挑一首歌，到时候在艺术节上唱一唱。”

韩眉眉回道：“算了，谢谢毕老师，我好久不唱了，怕唱不好。”

毕老师打趣道：“瘦死的骆驼比马大呀！哪有唱不好的道理？”

韩眉眉并不打算接受毕老师的邀请，依然坚持道：“不了。马上就要考历史了，我还有好多知识点没有背会呢。”

这时，楚明在一旁插话：“老师，人家韩眉眉是歌星级别的，怕是要出场费呢。”

众人哄堂大笑。

“才不是！”韩眉眉低头翻开历史书，小声说道：“毕老师，你还是另找他人吧。”

毕老师被韩眉眉的固执弄得有点莫名其妙。

“你再想想，”她语气强硬地说，“就算是高三了，也得有集体荣誉感。”

事后，贝欣找到楚明，没好气地说：“楚明，这事儿跟你有什么相干呢？用得着你多话！”

楚明不生气，反倒笑嘻嘻地说：“是呀是呀！可我说的是韩眉眉，跟你又有什么关系呢？”

见贝欣脸色微变，楚明这才又说：“好啦！我不过是看不惯她傲气的样子。怎么，还真以为自己是孙燕姿呢？”

众所周知，楚明与韩眉眉不和，这实在算不上什么秘密。

得从步入高一说起。

那年，年级组织举办联欢会，班里以抽签决定由谁表演节目，楚明手气好，第一个抽中。

楚明也不扭捏，落落大方地站起来，说：“行！那我唱首歌好了。不过，我想请韩眉眉同学和我一起，这样的话，我就不怕走调了。”

大家听后都拼命地鼓掌，然后满是期待地看向韩眉眉。

只见韩眉眉缓缓地站了起来，说道：“还是算了吧。我唱歌习惯用伴奏带，不巧，今天只带了一首歌的伴奏，待会儿一定唱给大家听。”

楚明就这么被晾在了一旁，站也不是，坐也不是，场面一度十分尴尬。后来，因为这事儿，楚明没少被人嘲笑，说他是“癞蛤蟆想吃天鹅肉”。

后来，贝欣私下里特地找到楚明，代韩眉眉向他道歉。但高中三年，楚明与韩眉眉的关系形同陌路，两人鲜少讲话，即使有，也常常是针锋相对，满满的讽刺意味。

004

黄昏的时候，韩眉眉走出了校园。

她抬头看了一眼，此刻，天空被夕阳染成了软软的黄色，像极了那张她婴儿时代拍摄的照片上那床软软的被子。

不知为什么，她的心一下子也跟着软了下来。

她开始有些懊恼，其实，答应毕老师也没什么，不就是登台唱首歌吗?

她不禁又想起木天昨天在节目里放的那首《往事》。

节目中，木天很认真地说：“人啊，一不小心就长大了，但只要一听这首歌，我就会想起小时候见过的一个小女孩，她扎着红红的蝴蝶结，唱着很好听的儿歌。可我并不认识她，只是每次去外婆家的路上时，总能看到她。我想，当年的那个小女孩儿，现在应该也长大了吧？也不知道，现在的她是不是还喜欢唱歌，长大的她又是不是遇到一些不如意的事……无论如何，接下来，我想把这首歌送给正在收音机前所有爱唱歌的女孩儿，希望你们快乐。”

木天的那段话，让韩眉眉想起自己的小时候。

小时候的韩眉眉，头上总扎着红红的蝴蝶结，喜欢唱欢快的歌。

木天的那段话说到了她的心里去，这让她感到奇怪而又欣慰。

可是现在，木天就要到学校来了，还要和贝欣一起主持节目，这并不是她所希望发生的。

其实，说到底，就连贝欣都不知道，她根本不是不满学校没有安排自己与木天搭档主持，而是……她根本就不想看到木天。

这与她曾有的一次经历有关。

那是一段鲜为人知的经历，连贝欣也不知道。

005

三年前，韩眉眉读初中三年级，和现在一样，也是拼命念书。

由于参加过几次市里举办的大型活动，这让韩眉眉在同龄人中小有名气。

她就是在这时收到了秦的来信。

当时，秦是那座城市最火爆的综艺节目主持人。

秦在信中说：“我听好多人说你歌唱得很好！所以，我想邀请你到《快乐卡拉 OK 城》来做嘉宾，你愿意吗？”

作为那时最火爆的节目，不少人削破了脑袋都想登台，而韩眉眉得来却毫不费力。

回到家，眉眉将此事讲给爸妈，然后用满是期望的眼神看向他们。

遗憾的是，与她所愿相反，爸妈并不同意。

“就快中考了，等考完了再唱吧！到时候随你怎么唱，我和你妈都跟着给你当粉丝团去！”爸爸语气温和，妈妈频频点头，眉眉呆站在原地，好一会儿，才默默点了点头。

她太清楚了，虽然爸爸语气温和，但去与不去这样简单的抉择，并不由她。

愧疚感让眉眉觉得痛苦不已，她觉得愧对于秦。

毕竟，能到电台做嘉宾，本就不是一件容易的事。再加上，还是秦亲自邀约，就这么放弃了，实在可惜。

事后，她特地打电话给秦，她说："秦，我是韩眉眉。因为我马上就要中考了，所以我可能暂时不能去做嘉宾了，但还是非常感谢你的邀请。"

秦静静地听着，然后在电话那头温和地说："干吗要道歉？其实都怪我，竟然完全没考虑到这一点。这样吧，等你考完了再来吧！我们随时欢迎你。"

没多久，那天眉眉正在温书，有同学跑了过来，说："韩眉眉，你知道吗？秦在节目里为你点歌了！他还祝你中考能取得好成绩！"

一颗心明明是雀跃的，可眼眶却是湿润的，眉眉觉得太遗憾了，自己竟然错过了那期节目。

也是因为如此，后来，每到周末，无论学习多么紧张，眉眉都会想尽一切办法去听秦的节目。

一个小小的木壳收音机，是她和秦在空中相遇的媒介。

为避免爸妈发现她没用功读书，有时她会把收音机藏在书包里，然后将音量调到最小，秦的声音隐约飘在耳边，变成她学习的一股动力。

秦在等着她去做嘉宾，而她必须要带着最优异的成绩去才行。

006

暑假里的一天，韩眉眉站在电台的门前，有风吹过，扬起裙摆一角。

眉眉望了望，那是一幢很气派的大楼。

韩眉眉想，秦应该是身材挺拔的男生吧？就像电视剧里的男主角那样。

有一些杂念游进大脑，她又很快赶走了它们。

她对自己说，我不过是来做嘉宾的，还有就是，要感谢那句未听到的秦的祝福，才有了意想不到的好成绩。

眉眉才走进大门，守门的老头便拦住了她。

“小姑娘，你找谁？”老头凶巴巴地问。

“秦。”韩眉眉说，“我找秦。”

“找他的听众多着呢，”老头说，“他可不能人人都见。”

“爷爷，您就让我进去吧，我跟他约好了的。”眉眉看着老头，言辞恳切。

可老头却不吃这一套，气呼呼地说：“喊！你们这些学生，最会骗人了！去去去，下次编好了理由再来。”

正当韩眉眉不知所措的时候，秦竟然从楼上下来了。

老头慌忙拉住他，说：“你瞧，你的这些小听众，一放假都往这儿跑，我怎么招架得住！”

“是吗？”秦俯身看着韩眉眉，问：“你找我？”

秦真的很高。

韩眉眉看着他的眼睛，忽然就不知道该说些什么了。

“是，你好，秦。我是韩眉眉。”她小声地说，“半年前，你邀请过我来做嘉宾。”

“韩眉眉？”秦想了一下，说，“哦，是钢琴弹得很不错吧。”

“不，不。”韩眉眉连连摇头，“我是Z中的韩眉眉。”

秦竟然不记得她的名字，这是此前没有想到的。

“哦。”显然，秦还是没能想起来。

“有什么事吗？”他说，“要不是因为今天有事，我一定带你去电台参观参观。学生嘛！好奇心总是多一点。”

秦的声音是温和的，和半年前的那通电话里的声音一样。

只是，这声音，温和到让韩眉眉不愿相信他竟然忘记了自己。

可她始终记得，无数个寒窗苦读的夜晚，她都是靠着秦的祝福入眠，还有那首她没有听到的秦特地点给她的歌。

那时，她总以为，她最喜欢的主持人惦记着自己。

很久以后，她才明白，自己的一厢情愿是多么可笑。

她早该明白的，不是吗？

作为周末最火爆综艺节目的主持人，秦有无数的听众，而她不过是其中一个，如何能奢求他记得自己呢？

007

这是一段连眉眉自己都不愿回忆的过去。

可，偶然还是会回想起来，每当此时，她都觉得多少有些屈辱。

也许，正是出于这个原因，高中三年，她逐渐变得孤傲，自尊心也极强，不轻易去喜欢谁，也不轻易赞美谁。

即便她成功主持过大小无数次的联欢，即便大家都夸赞她的歌越唱越好，可是她知道，她并不讨人喜欢。

只有贝欣。

贝欣了解她，容忍她。

所以，她才会和贝欣成为好朋友。

那晚，韩眉眉拨通了木天的热线电话。

“听说你要去Z中参加艺术节？”韩眉眉直截了当地问。

“是的。”木天回她，“Z中是我的母校，我愿意为它献一份力。”

“听说，Z中有很多同学都是你的热心听众。可是，我却以为，或许并不是人人都想见你。”她到底没忍住，说出了自己的心里话。

“那么，也许你就是其中之一？”木天机智地回道。

“你有没有想过，如果你和大家想象中的完全不同，会令多少人失望？你就不担心会因此而失去一部分听众？”她无意回答木天的反问，而是丢出了另一个问题。

木天笑着说道：“听你这么说以后，看来，这次我回母校是一件很冒险的事啊！不过，你是否可以告诉我，在你的想象中，我是什么样子呢？”

韩眉眉迟疑了一下，回道：“多才多艺，幽默真诚，还有，也许很潇洒。”

“瞧，瞧。”木天说，“你要是这么想的话，当然会失望了。其实，我也就是个普通人，无非是从事的行业和别人有一些不同而已。但是，至少有一点你说对了，我这个人，确实很真诚。我想，如果我们有缘相见的话，你会发现这一点的，肯定不会让你失望。”

“你敢保证？”韩眉眉近乎有点促狭地问。

“当然。”木天毫不迟疑地回道。

显然，韩眉眉的这通电话引起了很多人的不满。

眉眉才刚挂断，就有其他人打进热线电话，女孩声音甜甜地说："木天，其实我从来就没怀疑过你的真诚。你在电波里也好，在电波外也罢，肯定是一样的，不是吗？"

木天简单地说了声谢谢，轻巧地转了话题，与听众聊起了其他。

这倒让韩眉眉倍感意外，还有一些拜服。

眉眉原以为，有人替他出头，他定会就此标榜自己，讲一些对自己有利的言论。但他没有，而是像一切都未曾发生一样不予置喙，又以自己的智慧，轻巧撇开了这一话题。

韩眉眉想，说到底，木天是她喜欢的主持人啊，她衷心地希望，他和自己想象中的一样，是真诚的。

008

就在她瞎想之际，贝欣的电话打来了。

贝欣说:“眉眉, 我完全没想到, 原来你并不想见到木天。”

“是的，我的确不想见到他。你知道吗？只要我一想到他可能跟我想象中的不一样，我会觉得伤心。我太害怕这种感觉了，真的。”韩眉眉如实说道。

“是吗？”贝欣有些疑惑地说，“可是，你得明白，我们并不能保证一切都跟我们的想象完全一样啊！”

“是啊，或许是我心理变态了。”说完，眉眉自个儿先笑了起来。

此时正值春夏交接，春意变淡，夏意渐浓，夜晚也忽然跟着变短了。

暗处，有不知名的小虫肆意鸣叫起来。

而高考，也正一步步朝着他们逼近，近到甚至能够听见它逼人的气息在空气中流转。

韩眉眉的高考志愿表上，一排排全是些说不出喜欢的又陌生的专业。

那是全家人通力合作研究好几天的结果。

爸妈说："我们是民主家庭，眉眉，你跟爸妈说实话，你究竟最想选修的专业是什么？"

不管是眼神，还是言辞，爸妈都满脸真诚，未夹带一丝伪装，两人齐齐看向她。而她却忽然慌了神，一时之间，她竟也不太清楚了。

是啊，自己想填报的志愿究竟是哪所大学？而她，又到底想选修什么专业？

若要说起喜欢，或许……她会选择唱歌？

可是，早在她读初中三年级的时候，爸妈就生动地给她上了一课，更让她明白了一个不争的事实：靠唱歌，是不可能吃一辈子饭的；而唱歌，更不可能是她一生的志向。

她实在想不明白，这么多年以来，除了唱歌之外，自己到底还喜欢些什么呢？

她这样的苦读，究竟又是为了什么？

009

选择报考哪所学校，选修什么专业，这两件原本令人向往的事，却让韩眉眉烦躁不已。

即便如此，一年一度的校艺术节还是如期开始了。

贝欣将收到的拟定好的节目单给眉眉看过，她扫了一眼，节目单上并没有她的名字。

毫不意外，但心里多少还是有些空落落的。

自打那次眉眉拒绝毕老师的邀请后，毕老师便也妥协了，也未强制性要求她必须登台表演。相反，毕老师宽容地说："唱歌嘛，原本就应该是一件让人高兴的事。既然你不高兴唱，那就不勉强你了。"

听贝欣说，学校这次举办的艺术节，除了保留以往的文艺演出环节之外，还将新增两个项目，那就是"美食一条街"和"书画义卖"。

而就这些活动所产生的全部收入，学校将会全部用于资助学校那些家境贫寒的学生。

演出当天，同学们大都跑到操场上看演出去了，就连平日里争分夺秒的高三班级，教室里也只余寥寥数人。

韩眉眉坐在座位上，手里捏着《历史》课本，默默背诵着标注的知识点，但很快，心就飘了出去。她忽然觉得，有时候自己的任性和不近人情，实在太没意思。

要么，还是去看看木天吧，她对自己说，去看看他是不是真如自己所说的那样真诚。

这么想着，眉眉放下手中的书，起身朝操场走去。

那天的演出，是在木天的歌声中结束的。

贝欣站在台上，她妆容精致，发挥如常，并未露出半点怯场的感觉。贝欣说："学长，有一个不情之请，我斗胆代表母校的全体同学，希望您能在晚会的最后献唱一首。因为，我们都听说，您唱歌非常好听！您看，可以满足大家的这个诉求吗？"

木天站在一侧，静静听完贝欣的发言，几乎没有任何犹豫就答应了。

韩眉眉站在操场上，操场四处都挤满了人，她离得远，并不能看仔细木天的模样，但她能感觉到，木天的脸上是带着微笑的，就像是初夏掠过窗口的凉风，徐徐而来。

木天落落大方地往舞台中央走了一步，紧握着手中的话筒，动情地说：“不知不觉，我已经离开学校好多年了。今天能够有机会再回来，我很高兴。这次回来，让我感受到了久违的青春，就好像它并没有离我很远，而我也和你们一样，正年轻。”

木天从表演吉他二重奏的男生的手中接过吉他，说：“我给大家唱首歌吧！这首歌属于校园民谣，有着我们那个时代的记忆，就让我用它来感谢母校的各位同学和老师吧！谢谢你们这一次的邀请，也谢谢一直以来对我节目支持的同学们！同时，我还想借这首歌，祝愿每一位即将参加高考的学子们，希望你们能好好珍惜最后的高中校园时光，每个人都能取得理想的成绩，考上自己向往的大学！”

木天安静地站在舞台上，轻轻拨响了吉他。

春天的花开秋天的风

以及冬天的落阳

忧郁的青春年少的我

曾经无知的这么想

风车在四季轮回的歌里

它天天地流转

风花雪月的诗句里

我在年年地成长

流水它带走光阴的故事

改变了一个人

就在那多愁善感而初次

等待的青春

发黄的相片古老的信

以及褪色的圣诞卡

年轻时为你写的歌

恐怕你早已忘了吧

过去的誓言

就像那课本里缤纷的书签

刻画着多少美丽的诗

可是终究是一阵烟

流水它带走光阴的故事

改变了两个人

就在那多愁善感而初次

流泪的青春

……

木天立在台上，扣弦而歌。

那是一种韩眉眉熟悉却又久违的感觉，就像木天曾说过的，像飞一样。

眉眉这才忽然意识到，自己竟如此留恋在Z中度过的这六年时光。

可是，这一切，就要结束了。

她本有机会的，在这最后的时光里，她原本可以留下最后的歌声，可是她却莫名其妙地放弃了。

掌声如同雷鸣，眉眉一人站在操场一角，鼻子酸酸的，突然有些想哭。

010

木天的歌声极富感染力，并不只韩眉眉一人有所感触。

之后的那段时间里，教室里除了紧张的气氛之外，突然渗进了一种奇怪的眷恋和不舍。

也不知是谁第一个偷偷地拿出了自己的留言本，那是老师三令五申不许出现的东西。总之，相好或不相好的同学，都抓紧了所拥有的每一分钟，希冀在彼此的留言本上留下高中这三年最后的印象。

也许是因为分别将至，大家都显得真诚而又宽容。

韩眉眉第一次知道，其实除了贝欣，在这个班里，理解与关心她的人，还有好多，包括楚明。

楚明在她的留言本上写道："高中三年，我们斗气三年。你肯定会在心里想，楚明这家伙，实在算不上男子汉，竟然和女生斤斤计较。可是，你知道吗？其实，我从来都没有真正地恨过你，也未曾讨厌过你。还记得高一那次春游吗？男生们偷吃了你所有的零食，还喝光了你所有的水，我原以为你会大发脾气，正等着看好戏呢，没想到你只是笑了笑，什么都没有说。就是从那时起，我开始意识到，其实你是一个善良的女孩，而你平日里所表现出来的孤傲，或许只是怕自己受到伤害。还有，你唱歌真的很好听！希望你将来能成为最红最红的歌星，到时候，我一定买票捧你的场！当然了，如果真有那一天，希望我们见面时，你还记得我，会跟我说一声——楚明，你好。”

楚明的这段话，让韩眉眉哭了一场。

平日里，楚明的作文总是不及格，而这一段文字，定是出自真心，要不然不会如此流畅。

高考来得快，结束得也快。

等待成绩揭晓的时间，也变得尤其煎熬。

贝欣和家人去黄山旅行了，韩眉眉则在家里重新自学放弃已久的吉他。

炎热的夏夜，韩眉眉醉心于此，仿佛高考已经成为一件久远的事情。

毕老师和木天就是在这时找上门来的。

这是一次所有人都没有料到的造访，或者，换句话来说，好运气来得一点预兆都没有。

毕老师说：“木天想请眉眉去电台唱歌。”

爸爸客套地说：“嗐！多少人抢着想要去电台做嘉宾，干吗这么客气，劳烦您亲自跑一趟。”

木天微微一笑，道：“是这样。我有一个好朋友，他是一家唱片公司的音乐制作人，他手里有不少完成的校园歌曲，一直想找一个新人来唱，而且，他心中的理想人选，最好是学生，这样才能将歌曲的气质给诠释到位。我们最近翻看了近几年很多校园歌手比赛的录像，大家一致认为眉眉很不错，所以想跟你们商量一下。”

“也就是说，唱片公司想要捧眉眉当歌星。”毕老师言简意赅地总结了一番。

“那，眉眉的学业怎么办？”妈妈听后反而有些不放心了。

木天笑着说：“这个嘛，还请你们放心！其实，现在啊，想要成为一名成功的歌手，除了声音好听之外，其他的也一样重要。到时候，眉眉还可以继续念书，也会有更好的机会去深造。”

那一夜，家里很晚才熄灯。

毕老师回家后又特地打来电话，语重心长地说：“这是一个难得的机会，想当明星的人很多，但不见得谁都能被选中，眉眉是 Z 中非常优秀的学生，她要是真成了，到时候，学校也会跟着沾光的！”

爸妈听了分外高兴。

爸爸说："还是我英明，多亏我那时候赊账买了台录音机。"

妈妈说："才不是呢，根本是我基因好！你忘了？我以前读书的时候外号'小百灵'，说什么录音机呀，这是遗传！"

可高兴归高兴，两人多少还是有些顾虑。

这又念书又唱歌的，到头来会不会什么都学不好？

不过，木天说了，此事不小，可以再仔细考虑。

那，索性还是等高考成绩下来后再议也不迟。

011

贝欣从黄山回来后就听说了这个消息，她很是高兴，邀了眉眉一起去逛街。

音像店里，贝欣指着贴在墙上的那些花花绿绿的海报，说："真是不敢相信！不久后的将来，我就可以指着其中的一幅说，瞧，那个是我最好的朋友！想要签名吗？找我就行！天啊，我都不敢想！你说，以后你真成明星了，那还不得进出都有保姆车接送？就算天气多么炎热，但你无论在任何场合，都会笑得楚楚动人。"

"贝欣，你可真会说笑！"韩眉眉一脸忧愁，"后天就要揭晓成绩了，也不知道我考得怎么样。"

贝欣安慰道："放心好啦！反正以你的成绩呀，不可能考不上的！而且，就算没考好，你还可以去唱歌呀！你比我们强多了，有双保险还瞎想什么呢。"

两人闲聊时，恰好碰上了好几个也在逛街的同班女同学。

韩眉眉说："这么热的天，恐怕逛街的学生都是高三的，都是等成绩，跟我一样完全在家坐不住。”

一语既出，惹得大家笑成一团。

尖嗓门的顾可说：“以后啊，大家四散了，恐怕相聚都成问题了。不如咱们今天就趁着这个机会找个地方坐坐，也不做什么，就聊聊天叙叙旧，如何？”

大家都说好。

贝欣提议去眉眉家：“她爸妈不在，家里又有空调，还有大半箱可乐呢。”说完，贝欣笑嘻嘻地看着眉眉，道：“最佳去处。”

于是，一行人乌泱泱去了韩眉眉家里。

原本说好的聊天叙旧，变成了一场“大型演唱会”。

不过，韩眉眉并不是主角，大家都推选她来伴奏，五六个女孩坐在沙发上，几乎唱尽了她们能想得起来的所有歌曲。

从《我们的田野》到《让我们荡起双桨》，一直唱到时下最流行的一首首新歌。

这还是韩眉眉第一次发现，原来贝欣唱歌时走调到离谱，怪不得她从来不肯在人前完整地唱完一首歌，也终于知道，为什么一到要唱歌时，贝欣就会感冒。

但，无论走调又或完满，一旦唱起歌来，总会让人变得大胆而又富有感情。

大家一边唱一边说起高中时的诸多趣事，难免就说起了谁对谁有意思。

空调房里舒适的氛围让人忘记了夏天的炎热，只有女孩儿裸露的肤色、健康的手臂暗示着，这是一个浪漫的季节。

顾可尖声说："别看楚明老跟眉眉过不去，其实呀，他暗恋眉眉！真的！他自己在男生堆里说过了，他说咱们班的女生，就眉眉最有气质，一副明星相。"

韩眉眉还没顾得上脸红，贝欣就接过了话茬。

"他还真没说错！你们不知道吧？"贝欣得意地说，"咱们眉眉是真的要成明星了！木天已经代表唱片公司找过她了，马上就要签约了。"

贝欣的这番话，成功地让女孩们一起尖叫起来。尖叫过后，大家一致认为，这件事实在值得庆贺，还有人喊着："天啊！真是想不到，我就要成大明星的同学了！"

而韩眉眉心里想的确实，她和木天约好了，待拿到成绩单时，她会第一时间去电台找他。

人们总说，理想和现实是两回事，可眉眉的愿望，如此轻易就要实现了了，这究竟是祸还是福呢？

想到这些时，她才意识到，其实自己并不是很高兴。

那个下午的歌声和吉他声，直到深夜仍在耳畔萦绕。韩眉眉枕着它们入眠，儿时的记忆，也跟着在梦里甜蜜地重现了。

012

第二天傍晚，木天再次来到韩眉眉家。

木天敲门时，眉眉正忙着替换吉他那根断了的弦。

木天进来后，注意到眉眉正忙着换琴弦，开口道：“我来吧，我的力气大一些。”

韩眉眉看着他，说：“说实话，木天，没见到你以前，我总以为你个子很高。”

“是吧？”木天两根手指灵巧地捏起琴弦，琴弦穿孔而过时，木天回她，“不仅仅是个子高吧？还多才多艺，幽默真诚，或许，还有点潇洒。”

他竟然知道，那通电话是她打的！

一时间，韩眉眉竟有些不好意思了，她有些惊讶地看着木天。

“别忘了我的职业，我对声音总是特别敏感。”木天笑着回道。

“所以，你会记得每一个参与你节目的听众？”她是真的想知道。

“当然不会。是你的声音要比别人特别一些，你说话就跟唱歌一样，是有节奏的，很准。”这时，木天已经上好了弦，将吉他抱在怀里随手拨弄了两下，这才满意地将吉他递给眉眉。

“你可真会开玩笑，差点就被你骗了！”韩眉眉笑了起来。

“不是玩笑。”木天正色道，“说真的，眉眉，你应该接受邀约，签了合同，然后去唱歌。我们一直在寻找像你这样的歌手，而且，你一定会成为我们这座城市的骄傲！”

韩眉眉摇摇头，说：“认识我的人都说我骄傲，可他们不知道，其实我总是怀疑自己。还有，我从不允许自己有沾沾自喜的那种好感觉。”

木天看着她，示意她继续说下去。

在木天的注视下，韩眉眉放松下来，跟他讲起了自己和秦之间的那个小故事。

“我是不是很傻？”讲罢，韩眉眉看向木天，自嘲道，“为了一件小事，耿耿于怀这么多年。”

“的确，是很傻。”木天如实回道。

那天晚上，木天在节目中跟听众讲了这个故事。只不过，木天贴心地将男女主角换了名字。

有听众打进热线电话，开口就说，那个男主持人太不像话了，有了名气就不把听众放在眼里；也有听众持相反意见，说这个小女孩也真是的，有时候实在没必要自尊心那么强。

木天一一听完，然后进行总结，他说："其实，说到底，我们每个人注定都要走过一段敏感而多疑的少年时代。在那样的年纪里，我们很容易就会被左右，而有时，一件他人看起来觉得不起眼的小事，却会影响甚至改变我们的一生。可我总以为，如果人与人之间，可以彼此多一些关注，多一些理解，那么，所有的事情都会变得更简单。对了，故事里的女孩儿，明天就会拿到高考成绩单了。不管结果如何，我相信，她都能坦然面对。"

第二天下午，韩眉眉再次来到了广电大楼前。

十四岁那年，她曾来过一次，那时的她满是失意，她也以为，自己永远都不会再出现于这里。

如今，又站在这里，她却突然释然了，也不再思绪万千。

从前的那些耿耿于怀，似乎在昨夜随风远逝了。

她知道，她长大了。

就像木天所说的那样，她已经成熟到可以坦然面对一切，好的坏的，她都能够坦然接受。

木天远远地朝着她走来，他今日身着一件淡黄色的T恤，看上去像一朵温暖的云。

那些要说的话，眉眉已经在心里想了很多次。

她想告诉木天，她非常愿意接受木天的邀请，和唱片公司签约，成为一名真正的歌手。只是，现在还不是时候，她希望木天能给自己更多的时间。

还有，她要告诉木天，他和自己所想无异，是一个十足真诚的主持人，并衷心希望，以后若有机会，能和他切磋吉他弹奏。

至于手里的那张成绩单?

眉眉并不打算告诉木天。

还有贝欣，为什么总用那种忧郁的眼神看自己?

眉眉很想告诉她，不必愁，一切都如自己所期待的那样，她的大好未来，在前头等着她呢。

而她也相信，自己迟早会和贝欣一样独立，可以独自提起行囊去往南方念书。

听说，南方四季都如夏天，红色的木棉花一直燃烧到天边。而那时候，不管是否成为真正的歌手，她都可以想唱就唱，毋庸置疑，她会越唱越好。

木天不是说过吗?

最美的歌，是为蓬勃的青春而唱。

而唱起来，像飞一样。

页 行 文 化
YEXING CULTURE